魔法使いになれなかった女の子の話 1

赤坂優月
Yuzuki
Akasaka

河出書房新社

MAHOTSUKAI
NI
NARENAKATTA

魔法使いに なれなかった 女の子の話 1

ONNANOKO
NO
HANASHI

目次

装画……………松浦麻衣・村上雄
ブックデザイン………山家由希

プロローグ

クルミはこれまでの人生、ただの一度も勉強で負けたことがない。

人生といったって、たかだか十五年程度のものだけれど。

でも、だれよりも努力してきた自負がある。

当然、今回の試験も完ぺきだった。


落ちるはずがない。

むしろ余裕。

むしろトップ合格。


そう思って、合格発表の掲示板を見上げたのに。

「ない」

何度たしかめても、そこにクルミの受験番号はなかった。

これが、人生でたった一度きり、最初で最後のチャンスだったのに。

五歳のあの日、あの人と交わした約束。

ぜったいに魔法使いに――。


「なれなかった……」


クルミの手からこぼれ落ちた受験票が、地面にふれる寸前でふわりと風にすくわれる。

すこしうしろからそれを見ていたマキ＝クミールが、目の前に落ちた紙を拾いあげた。

「――え？　クルミ＝ミライって……」

マキは大きな目をさらに見開き、前に立つおかっぱ頭を見つめる。

「ねぇこれ、あなたの受験票よね？　あなたがあの、クルミ＝ミライなの？」

驚きでうわずった声は思いがけずよく響き、掲示板を取り囲んでいたざわめきがやんだ。

「え？　あの子が？」

「模試一位の……」

こそこそと話す声が地を這《は》うように広がり、周囲の視線が集中するが、クルミは気づかない。

そのときクルミが見つめていたのは、「普通科一組」の合格者として記載された自分の受験番号だった。

セントール王国北部に広大な敷地を有するレットラン魔法学校は、全寮制の高等学校である。たった三年のうちに、一般教養はもちろん、将来のための専門課程から魔法教育まで履修できることから、その人気は世界トップクラス。選び抜かれた秀才が集まる普通科からは、各界で活躍する優秀かつ著名な人材が多数輩出されてきた。

しかし、注目すべきは普通科ではない。

国家魔法師《通称：魔法使い》になれる唯一《ゆいいつ》の道である『国家魔法師養成専門学科』の存在こそが、レットランの名を世界に知らしめる所以《ゆえん》であり、クルミがこの学校をめざした理由だ。

八クラスある普通科のなかでも成績最上位にあたる『一組』への合格は、本来すばらしいことである。しかしクルミにとってそれは、国家魔法師養成専門学科《通称：マ組》への不合格を決定づける宣告でしかなかった。

——完ぺきだったはずなのに、どうして。

「ねぇ、聞いてる?」

クルミの顔をのぞきこんだマキは、掲示板を凝視するその表情にぎょっとした。

まさか、あのクルミ＝ミライが、不合格——?

「えっ?　あ、ちょっと!」

とまどうマキの目の前で、真っ青な顔をしたクルミが膝から崩れ落ちる。

「大丈夫⁉　ねぇ……」

クルミの頭のなかでノイズのように響いていた喧騒《けんそう》が、遠のいていく。まぶたの裏には、あの日見たコペルン彗星《すいせい》が流れている。

待って。置いていかないで。わたしもあの人の隣に。

そこでクルミの意識は、ぷつりととぎれた。

――魔法使いさん。わたし、約束、守れませんでした――。

#01
魔法使いには、もうなれない

入学式を翌日に控え、ついにレットラン魔法学校の入寮日がやってきた。

生まれ育ったアブニールの森を陽がのぼる前に出発し、汽車と馬車を乗りついで七時間。クルミが正門をくぐるころには、すでに多くの生徒が入寮手続きを終えていた。

クルミにとっては悪夢のような合格発表から一ヶ月。合格を喜ぶおばあちゃんと過ごすうちに、クルミの心が晴れつつあったのは事実だ。

しかし、せっかく前を向きかけた気持ちは、学校が近づくにつれふたたび暗くぬりつぶされてしまった。クルミは今もまだ、マ組に落ちたことを受け入れられないでいる。

「入学おめでとう」

「手続きはこちらです」

笑顔で新入生を迎える先輩たちには目もくれず、さっさと入寮手続きを済ませる。指定されたのは、二階のいちばん奥にある二人部屋だ。

玄関を入ってすぐの階段をのぼると、配達された荷物がせまい廊下のあちこちに積まれ、その間をぬうように、たくさんの生徒が行き来していた。

クルミの荷物で一番重いのは、入学前にだされた課題だ。あとは、着ている服を含めた最小限の着替えと、おばあちゃんが編んでくれたブランケットにブラシとタオル。手持ちのリュックとカバンにおさまる量しかない。

入寮にあたり唯一不安だったのが、個室のない共同生活だ。勉強ばかりしてきたクルミには、友だち付き合いの経験がほとんどない。人里離《はな》れた森のなかでおばあちゃんと二人暮らしをしていたため、幼馴染《おさななじみ》と呼べるような友人も、一緒に登下校できるような知人もいたことがない。

だから、ルームメイトがマキ＝クミールだとわかったときは、心の底からほっとした。合格発表で倒れたクルミを介抱してくれたマキは、とても明るく社交的な性格で、交友が苦手なクルミでもすぐに打ち解けられたほどだ。

リュックを人にぶつけないよう気をつけながら、どうにか女子棟二階奥の自室にたどり着く。控えめに部屋をノックするが、返事はない。

まだマキは来ていないのか――クルミはそれでも遠慮がちに、そうっとドアを開けた。

シンプルな外観に反して、部屋のなかは案外かわいらしい。そこまで広くはないが、二人で使って息苦しいというほどでもなさそうだ。壁ぎわには木製の二段ベッドが置かれ、部屋の中央には小さなテーブルセットまである。どの家具もアンティーク調で、使いこまれた木の風合《ふうあ》いにレットランの歴史を感じた。

窓ぎわにならんだ二つの学習机の横には備え付けの本棚があり、教科書や参考書を置くスペースには困らないな、とクルミは安心する。入り口脇《わき》には鏡台もあったが、自分がこれを使うことはないだろうと、そのまま素通りした。

昔から、ファッションや髪型には興味がない。あごの下で切りそろえた髪は、ブラシでとかすだけ。見ために時間をかけるよりも、一つでもたくさんの単語を覚えるほうが、クルミには大事だったからだ。

かついでいた荷物を雑に足元へ下ろし、ふらふらと部屋の奥へ進む。

学習机によじのぼり窓の外をのぞくと、美しく整備されたセントラルガーデンの向こうにマ組の寮が見えた。直線的でシンプルなデザインの普通科寮に対し、魔法科寮は曲線的で装飾が多く、華やかな外観がとてもかわいらしい。

そんな建物のちがいさえ、今のクルミには心をえぐる材料だ。

「マ組合格、おめでとう！」

「ようこそ、魔法科寮へ」

マ組の新入生が到着するたび、優しそうな先輩たちが温かく迎え入れていく。

「みんな、キラキラの魔法科。なのに、わたしは……うぅ……」

悔しいのに、入寮していくマ組生から目が離せない。

両手でぐしゃぐしゃと頭をかきむしる。

つらい。つらい。つらい。

合格発表から一ヶ月もたったのに、まだ現実を受け入れられない。

地元の同級生に「がり勉」だとバカにされながら、それでも必死で勉強してきたのに。

模試ではずっと一位だったのに。

手ごたえはあったはずなのに、なぜ。

もう何度目かもわからない堂々巡《どうどうめぐ》りをくり返すクルミの背後から、コンコンと元気なノックが聞こえた。

「失礼しまーす。クルミ、今日からよろしく……」

あいさつとともに入ってきたマキが、学習机の上に正座して頭をかきむしるクルミを見て、あぜんとする。

われに返ったクルミは、ごまかすように笑いながらあわてて髪を整えた。

「こちらこそ、よろしくね」

大粒の涙をこぼしながら、それでも無理やり笑おうとするクルミの姿が痛々しい。マキはポケットからティッシュを取りだし、ため息をついてクルミへ差しだした。

「もー、いくらマ組の寮をながめたって、入れないものは入れないんだから」

クルミはすんと鼻を鳴らし、ありがたく数枚抜きとる。

「ほら、元気だして」

「ありがと」

しかし、思いきり鼻をかんでも、大きく深呼吸してみても、クルミの涙は止まらない。

「わたし今までずっと、魔法使いになるためだけにがんばってきたから。この先なにをめざして生きていけばいいのか……」

ぐずぐずと泣きつづけるクルミにとまどいながらも、マキは優しくほほ笑んだ。

「ショックなのはわかるよ？　クルミはだれよりもマ組合格の近くにいたんだもん」

クルミの横に立ったマキが、先ほどのクルミと同じように窓の外を見下ろす。

「うちの塾でクルミ＝ミライの名前を知らない人はいないと思う。だって、中三になって最初の模試で、塾外からいきなり一位！　それまでトップスリー常連だったアスカ・エリカ・キョウをあっさり抜き去ったうえに、最後までだれにもトップをゆずらなかった……きっと、私じゃ想像もつかないくらい、たくさんがんばったんだよね」

クルミが生まれ育ったアブニール地方に、塾は一つもなかった。同級生たちの進路は、入試のない地元高校に進むか働くかの二択。クルミ自身、塾に通うという選択肢が浮かんだことは一度もない。おばあちゃんがどこからかもらってきた『レットラン模試』の申込書を見て、はじめて在宅模試の存在を知ったほどである。「ここで一位になれたらマ組に受かる！」と自分を励ましながら、毎月の模試に取り組みつづけた。

「クルミ＝ミライはもう、マ組確定だって……みんなが思ってたんだけど」

「うぅ……わたしだって、そう思ってた。マ組に入るためにわたし、毎日まいにち必死に夜遅くまで勉強して……」

中学の思い出は、勉強しかない。休み時間はもちろん、廊下を歩くときさえ勉強するのをやめなかった。そのせいで、何度転んだかわからない。そんな姿を周囲にどれだけ笑われても、まったく気にならなかった。合格を手にするために、一分一秒も惜しかったから。

「なのに、マ組には不合格……か。悔しい気持ちはわかるけどさ、それでもここは、レットランだよ？　私からすれば普通科に入れただけでラッキーって感じだし、しかも一組だなんて、家族みんな大さわぎだったんだから」

クルミはポケットから、いつも持ち歩いている手帳を取りだした。緑色の革表紙がついた手のひらサイズの手帳は、クルミの大切なお守りだ。ところどころ黄ばんだページにはなにも書かれておらず、表紙もどこかくたびれている。

これは、五歳のあの日に魔法使いさんと交わした、約束の証《あかし》だ。この手帳があったから、どんなにつらくても前を向いてがんばることができた。

「う……うぅ……」

あの日のことを思いだすと、また涙がこみあげてくる。クルミを支えつづけてくれたその手帳を、両手でぎゅっと抱きしめた。約束の証は、たしかにここにあるのに――。

「あの無敵のクルミ＝ミライだもんね……簡単にわり切れないのも、しかたないか」

学習机の上で丸くなったクルミを、マキがふわりと抱きしめた。

「今はしっかり泣きなさい。ただし、ウジウジするのは今日で終わり！　約束できる？」

「うぅ……ありがとう……」

ふいに、おばあちゃんの笑顔が浮かんでくる。

クルミは、一人残すおばあちゃんを不安にさせたくなかった。希望いっぱいでレットランへ入学するのだと信じていてほしかった。だから、家では一度も泣けなかった。

マキの優しい言葉で、たまっていた感情が一気にあふれだす。人前でこんな風に泣くのは、はじめてだ。頭のどこかで恥ずかしいと思う自分がいるのに、止められない。

日が完全にかたむくまで、クルミはそのまま動くことができなかった。

＊

翌朝は快晴。秋の草花に彩《いろど》られたセントラルガーデンが、朝陽を受けてまぶしいくらいに輝いている。

自室に届いた真新しいブルーグリーンの制服に袖《そで》をとおすと、パリッとした着心地に誘われて自然と背筋がのびた。ボレロを着て、黄色に赤いラインの入ったリボンをむすぶ。小さな制帽を頭に乗せてピンでとめ、最後に茶色の革ブーツをはけば、立派なレットラン生の完成だ。

入学式がおこなわれる講堂までは、歩いて十分。

こじんまりとしたクルミの地元中学とはちがい、レットラン魔法学校はとにかく広大で、敷地内を移動するだけでもそれなりに時間がかかってしまう。

前夜さんざん泣いて目をはらしたクルミは、今日こそ気持ちを切りかえようとマキと一緒に早めに寮をでた。

しかし――。

「おはよう、キョウ。アスカ待ち?」

普通科寮の前に、さわやかな風を浴びながらグレーのケープをはためかせる男子生徒が立っていた。知り合いらしいマキが、声をかけている。

「まあね。ユズにもあいさつしたいんだけど、まだなかにいた?」

二人の会話は、クルミの耳にはいっさい入らなかった。

「ケープ……ケープだ……」

魔法科と普通科の制服が異なることは知っていたが、こうして目の前に突きつけられると、ショックが大きい。赤紫にブルーのネクタイを合わせた制服の落ち着いた色合いもさることながら、なによりもうらやましいのが、肩に羽織ったケープである。それはマ組生だけに許された特別な装いであり、卒業すれば、魔法使いの証の一つである長いマントに変わる。つまりケープとは、魔法使い見習いの証なのである。クルミが手にできなかった、憧れで終わってしまった、背にはためくグレーのケープ……。

　ぶつぶつとつぶやきながらケープを凝視するクルミに気づいたマキが、あわててその腕を引っぱった。

「じゃ、またあとで！　入学式で」

「お？　おう」

　突然打ち切られた会話に驚くキョウ＝クルマルを置いて、マキはクルミをその場から引きはがす。

「タイミング悪かったなぁ。大丈夫？」

「うぅ……キラキラのマ組がまぶしい……」

　かろうじて涙は流さなかったものの、クルミのテンションはさっそくがた落ちだ。

「ほら、早く行かないと遅れちゃうよ」

　早めにでたはずなのに、クルミがぐずぐずしているせいでなかなか講堂にたどり着けない。もう何人もの生徒が二人を追い越していった。クルミはそのなかにマ組生を見つけるたび、「マ組と一緒に入学式なんて……」「マ組の制服が……」と落ちこんでいる。

　辛抱強く付き合っていたマキもしびれを切らしかけた、そのとき。

「あら、あなた」

　三人で歩いていた女子生徒の一人がクルミを振り返り、足を止めた。きれいに手入れされた長い金髪が、朝陽を受けてつやつやと輝いている。紫色の美しい瞳にまっすぐ見つめられたクルミは、どぎまぎしながらぺこりと会釈をした。どこかで会ったことがあっただろうか。

「お会いできて光栄だわ。あなたが、模試で連続一位だったのにマ組不合格だった、クルミ＝ミライさんね」

「うっ！」

ふいに急所を突かれ、クルミは思わずよろけてしまう。胸が痛い。

「ちょっと、ユズ！　いきなりなんなの」

挑発的な態度をたしなめるマキに、クルミは小さくたずねる。

「マキのお友だち？」

「塾が一緒でね。ちなみに、みんな同じ一組だよ」

「ユズ＝エーデルよ」

金髪の女の子がにこりともせずに名乗ると、隣にいた二人も「レモーネ＝ジューシーですぅ」

「私はミカーナ＝フルーティーです」とつづいた。

「同じ塾ってことは、みんな例のレットラン進学専門塾に……」

「そうよ。六歳からずっとね」

そんなに早くから……と目を丸くするクルミを、ユズがキッとにらみつける。

「レットランに入学する生徒のほとんどが、小さなころからレットラン進学専門塾《マジックス》に通っているのよ。うちの塾の模試を受けていたのに、ご存じなかったの？」

「え、あ……」

「そんなことも知らないなんて、信じられなぁい」

ユズに追従《ついしょう》するレモーネにいら立ちを覚えたクルミだったが、つづくミカーナの言葉ではっとした。

「同じ校舎だけでも二百人、マジックス全体だと二千人以上はいましたね」

今年の合格者は、マ組も含め百八十三人。つまり、塾に通っていた生徒の多くは……。

「六歳からマジックスに通っても、そのほとんどが毎年不合格よ」

クルミはようやく、とげとげしさの理由を察した。

「あなたのように、塾にも行かず合格できる人にはわからないでしょうけど……この制服を着られるだけでもすごいことなのよ。誇るべきことなの。それなのにあなたはずっと、不満を隠しもしない。合格発表のあの場には、普通科にさえ受からなかった人がたくさんいたのに。昨日だって——」

クルミは自分のふるまいを思い返す。

合格発表では、喜ぶどころか倒れて迷惑をかけた。

入寮を歓迎してくれる先輩の笑顔を無視した。

ところ構わずぐずぐず泣いて、マキになぐさめられていた。

そんな風にしつこくすねている自分が周囲にどう見えるかなんて、考えもしなかった。みんなが努力したことに変わりはないのに、模試で一位だった自分だけが不運で不幸だと思いこんでいた傲慢《ごうまん》さを、見透かされたのだ。

「そんなに普通科がおイヤなら、私の友人たちに席をゆずってくださらない？」

黙って聞いていたマキが口を開きかけたが、そのまま言葉を飲みこみ、小さく首を振る。きっと彼女も、不合格だった友人たちを思い浮かべているのだろう。

落ちた自分の不幸を嘆くばかりで、周囲への配慮が足りなかった――恥ずかしさで消え入りそうになりながら、それでもクルミは言葉をしぼりだそうと試みる。

「あの、ごめんなさい。わたし……」

あまりにも情けなくて、謝罪の言葉さえうまくでてこない。クルミの態度に不満を感じていたのは、きっとユズたちだけではないだろう。入学式という早い段階で教えてもらえたことに、謝るよりもむしろ、感謝を伝えるべきかもしれない。

ぐるぐると考えこみそうになったクルミを助けるように、マキの明るい声が響いた。

「まぁまぁ。ユズ、その辺にしとこ」

すこし気まずそうな顔をしたユズがクルミから視線をそらす。

レモーネとミカーナはなにも言わず、ユズの表情をうかがうだけだ。

「ここは憧れのレットランだよ？　やっとスタートラインに立てたんだから、みんなで仲良く楽しもうよ！」

とまどうクルミに、マキがパチリとウインクをした。

「さぁ、クルミもみんなも、遅れないように急ごう！」

「うえっ？」

クルミの手を握ったマキが、勢いよく走りだす。クルミはその場から逃げられることにほっとしながら、転ばないよう必死でマキを追いかけた。ちらりとうしろを振り返ると、小さくなった三人がじっとこちらを見つめている。抜けるような青空の下で、ユズの美しい金髪がまぶしく光っていた。

＊

「新入生のみなさん、レットラン魔法学校へようこそ！　そして入学おめでとう」

講堂の天井からぶら下がった星形のシャンデリアが、美しく磨かれた木張りの床にキラキラとかげを落としている。五人がけの長椅子がならんだ中央席には百八十三名の新入生がずらりと座り、一段高くなった両サイドの席からは、まるで新入生を品定めするかのように教員たちが見下ろしていた。

中央の最前列にならぶのはもちろん、選び抜かれたマ組生である。クルミは一つうしろの列から、その肩にあるケープを未練がましく見つめていた。ユズの言うことは理解できたが、だからといってそう簡単に未練が断ち切れるわけでもない。

「在校生代表の歓迎あいさつをお願いします」

校長のあいさつにつづいて生徒会長が登壇すると、あちこちから歓声があがった。入学したばかりの新入生からも、すでに人気があるらしい。

「新入生のみなさん、入学おめでとうございます。生徒会長のトラン＝アマサです」

よくとおる声に惹かれ、マ組生の背中を凝視していたクルミも顔をあげる。

壇上に立つマ組の制服を着た男子生徒は、背が高く整った顔立ちをしていた。付け替え自由なネクタイとリボンには、一年生から順に赤・紺・緑の学年カラーが入っている。紺色のラインが入ったネクタイをしているということは、二年生だ。

「あれが氷の会長かぁ」

マキのつぶやきに、クルミは首をかしげた。

「氷？　なんで氷なの？」

「目標達成のためなら周囲を切り捨てることもいとわない冷徹さとか、あの見た目に惹かれて近寄ってくるファンを完全無視できる冷酷さが、氷みたいだからだって聞いたけど」

「ふうん」

「あくまでも噂だからね。見た感じは優しそうだし」

たしかに、やわらかくほほ笑む姿に冷たさは感じない。周囲を見回すと、うっとりと会長を見つめる生徒が何人もいた。マキが知っているということは、きっと彼もマジックス出身なのだろう。昨日までマジックスという名前さえ認識していなかったクルミは、その通塾率の高さに居心地の悪さを感じてしまう。

「レットランではマ組と普通科、それぞれが目的に応じたカリキュラムで進んでいきます。しかし、同じレットラン生であることには変わりありません。部活動や行事をとおし、コースの垣根なく学園生活を謳歌《おうか》してください。ともにレットランを楽しみましょう！」

トラン会長のあいさつに、大きな拍手が起こる。クルミも一応手をたたいたものの、「目的に応じたカリキュラム」という言葉のあとは、ほとんど耳に入らなかった。

とうとう、どうにもならない分岐点まできてしまった。もしかしたら本当は合格だったんじゃないかとか、マ組の入学者が減れば繰り上がるかもしれないなんて希望も、いい加減に捨てなければならない。

ふたたびうつむきかけたクルミだったが、「一年生の担任を発表します」という司会の声に顔をあげた。

「国家魔法師養成専門学科担任、ノーザン＝ハリス先生」

教員席二列目の男性が立ち上がり、背筋をのばして舞台上へ歩いていく。若くはないけれど、おじさんというほどでもない。二十代後半から三十代くらいだろうか。マ組担任ということは当然、魔法使いなのだろう。クルミははじめて見る「あの人」以外の魔法使いを興味深く観察する。

しかし無表情のまま一礼したノーザン先生は、ひと言も発することなく袖へ引っこんでしまった。左の小脇に、ずんぐりとした茶色い動物を抱えながら――。

「ねぇ、あの先生が抱えてたのって、カピバラだよね？　なんで？」

隣に座るマキにたずねてみたが、マキも困惑した顔で首をかしげるだけだ。どうやらこの情報は、マジックスでも知られていないらしい。

「つづいて一組」

その声にはっとして、二人で舞台をのぞきこむ。どんな先生だろう。できれば優しい担任がいい。たとえ魔法使いじゃなくても、なにかワクワクさせてくれるような先生がいい。クルミは祈るような気持ちで壇上を見つめた。

――しかし、そこにはだれも現れなかった。

「一組担任は、諸事情により決まっておりません」

司会の言葉に、生徒たちから大きな声があがった。一組だけでなく、新入生全体にとまどいが広がっている。

「今日が入学式だぞ？」

「どうなってんの」

しゃべりだした生徒たちを一喝《いっかつ》したのは、トラン会長だ。

「静粛《せいしゅく》に！」

トランがパンと手を鳴らすと、それだけで波が引くように静かになった。隣のマキが「さすがカリスマ！」と小さく拍手している。

「近いうちに発表できると思いますので、もうすこしお待ちください」

困惑したままの新入生たちを安心させるように、司会の女子生徒がにこりとほほ笑んだ。

クルミとマキは黙って顔を見合わせ、首をかしげる。二組以降の担任は滞りなく発表されていくのに、一組だけ入学式までに担任が決まらないなんて、どうしてそんなことになったのだろう。

クルミは釈然としないまま、教員発表のつづく壇上を見つめた。

＊

午後からは、セントラルガーデンで二年マ組による魔法デモンストレーションがおこなわれる。レットラン名物の新入生歓迎セレモニーを間近で見るため、クルミとマキもお昼を食べてすぐに会場へ向かった。ガーデンの両脇に建つ各寮の窓からは、二・三年生が顔をのぞかせている。すこし離れたところから見守る教員のなかには、一年マ組の担任であるノーザン＝ハリスの姿もあった。

円形広場をぐるりと囲むように設置された花壇には、魔法薬に使われるめずらしい植物も植えられている。おばあちゃんの庭にもあるお気に入りのハーブを見つけたクルミは、マキを誘ってその花壇のふちに腰かけた。

マ組の制服を着ていない悔しさも、ユズとの一件で感じた気まずさも、担任がまだわからないことへの不安も、懐かしい香りを吸いこむたびにやわらいでいく。昨日入寮したばかりなのに、もうアブニールの森が恋しい。

故郷に思いをはせているところへ、二年マ組がやってきた。円形広場の中央にならび立つ生徒の手には、緑色の手帳がある。魔法使いとマ組生だけが持てる、憧れの魔法手帳だ。はじめて本物を目にしたクルミは、もっとよく見ようと身を乗りだした。

「魔法陣！　風のシルフ、起動」

一つ目のグループが魔法手帳を開き、なにかをタップしている。ボタンだろうか？　どうやら、ただの紙の手帳ではないようだ。

クルミがたしかめるよりも早く操作が終わり、全員がいっせいに魔法手帳を掲げた。その上には魔法陣が浮かび上がっている。

十年ぶりの魔法陣だ――。

クルミは、五歳のあの日以来の光景に胸をときめかせた。

全員分の魔法陣が空中で重なり、大きな魔法陣へと生まれ変わる。と同時に風が巻き起こり、その中心から銀色の長い髪をなびかせたシルフが出現した。

はじめて見る精霊の美しさに、広場中の新入生が息をのむ。淡緑《たんりょく》色のオーラを揺らめかせたシルフがくるりと回って竜巻に変身すると、割れんばかりの拍手が会場をつつんだ。

「地のガイア、起動」

二グループ目は大地の精霊だ。次はどんな美しい精霊が登場するのかと、生徒たちの視線が魔法陣に集中する。

高まる期待のなか、地面に描かれた魔法陣から顔をだしたのは——。

「わあっ！」

「かわいい〜」

つぶらな瞳を潤《うる》ませたモグラである。頭だけで二メートルはある巨大サイズだが、大きな爪を地面にちょこんと乗せた姿がなんともかわいらしい。モグラが鼻をひくひくと動かしあくびをすると、ギャラリーから今日一番の歓声があがった。

二つのグループが同時に魔法手帳を掲げると、空中にいくつもの魔法陣が出現する。その中心から金色の尾を引いた火の玉が打ち上がり、空中で混ざりあう。頂点に達したところで大輪の花が咲くと、歓声は感嘆のため息に変わった。

しかし、次々と咲く天空の花に全員が注目するなか、クルミだけが別のものに気を取られていた。視線の先にあるのは、魔法手帳だ。

緑の革表紙につつまれた、手のひらサイズの薄い手帳の内側には、たくさんのボタンがならんでいる。魔法陣の生成はボタンの組み合わせで決まるようで、操作するたびに異なる魔法陣が浮かび、魔法が発動されていた。

クルミはポケットから、肌身離さず持ち歩いている自分の手帳を取りだす。

あの日、魔法使いさんから預かった、緑色の手帳。レットランの校章が刻印されたその表紙は、魔法手帳ととてもよく似ていた。ただし、クルミが持っているものにはボタンなどない。ただの紙の手帳である。

手帳を手にしたまま、隣で手をたたくマキの袖を引っぱった。

「ねぇマキ。これ、魔法手帳にそっくりだと思わない？」

「待ってクルミ、それ隠して！」

「え？」

手帳を見て驚いたマキが、あわてたように耳打ちする。マキの視線を追うと、ユズたち三人がこちらに歩いてくるところだった。

魔法手帳にそっくりなものをクルミが持ち歩いているなんて、ユズが見たらまたなにか文句を言いそうだ。クルミは見られる前にそっと、ポケットへしまった。

「あなたたちも来ていたのね」

「あ、はぁ」

自分から声をかけてきたくせに、ユズはあいかわらずツンとしている。思わず後ずさるクルミをかばうように、マキが明るく答えた。

「そりゃ、見るでしょ！　マ組のデモンストレーションは、入学イベント一番の目玉なんだから！」

「……そうね。ほとんどの人にとって、はじめて魔法手帳を目にする機会だものね」

目を輝かせるマキとは対照的に、ユズは憂《うれ》いを帯びた目で花火を見上げる。

「ボタンを押すだけで魔法が使えるなんて、すごいですぅ」

「実際に見ると感動するわね」

レモーネとミカーナの声に、クルミは思わずポケットを押さえた。この手帳にそんな機能がないことはわかっている。それでも気になってしまうのはなぜだろう。

「あ、今度はトラン会長ですぅ！」

考えこんでいたクルミは、レモーネの言葉に顔をあげた。トランの隣には、入学式で司会をしていた生徒会副会長のソフィア＝スワンもいる。

「あら、これは楽しみね」

トランは魔法の実力でも評価が高い人物らしい。ついさっきまで浮かない顔をしていたユズが目を輝かせるのを見て、クルミの期待も高まる。

広場の中央で立ち止まったトランが、片手ですばやく魔法手帳を開いた。

「炎のサラマンダー、起動！」

空中に出現したいくつもの魔法陣が混ざり合い、複雑かつ巨大な魔法陣が組み上がっていく。その中央から火柱とともに現れた巨竜の迫力に、クルミは思わず息をのんだ。羽を広げただけで、広場中に熱風が吹き荒れる。すごいパワーだ。

トランがどれだけ優秀でも、一年前は自分たちと同じただの新入生だったはず。それでも魔法手帳があれば、たった一年でこれほどの魔法を展開できるのだ。正式な魔法使いとなれば、いったいどれほどの力を持てるのだろう。サラマンダーを見上げるクルミの心境は、複雑だ。

トランが右手の指を鳴らすと、それを合図にサラマンダーが急旋回し、大きな炎の球へと変化した。もう一度指を鳴らすと、今度は炎がはじけて二つに分裂する。やがて、追いかけっこをするように広場の上空でくるくると走りだした。

「炎がおどってるみたい！」

たった一人でサラマンダーを操るみごとな手腕に、広場中から歓声があがる。トランが応えるようにほほ笑むと、歓声はさらに大きくなった。

「水のウンディーネ、起動！」

次に魔法陣を展開したのは、ソフィアだ。浮かび上がった魔法陣から出現したウンディーネが、水沫《すいまつ》を煌《きら》めかせながら美しい舞を披露する。周囲の視線が空へ向いているうちに展開した新たな魔法陣からは、巨大な火柱が生まれた。あざやかな連続魔法だ。

勢いを増したサラマンダーの炎がおどるように飛び交い、その炎に触れた水しぶきが蒸気に変わっていく。蒸気は次第に濃い霧となり、広場一帯が幻想的な空気につつまれた。

「うわぁ……」

疑問も悩みもすべて忘れて、クルミは目を輝かせる。

その場にいた全員が空を見上げ、大に小に形を変えて飛び交う炎のダンスに見とれた。

そんな隙《すき》を、狙っていたのだろうか。

正門の方角から一匹の犬がやってきた。くりんと大きな目をした、茶色と白の小型犬だ。セントラルガーデンをとり囲むように植えられた木の根元までやってくると、そのままカリカリと地面を掘りはじめる。垂《た》れた耳を揺らしながら掘りつづけるうちに、地面から淡い光がにじんできた。

デモンストレーションが行われている円形広場からはちょうど死角になっており、その光景に気づいたのは、木の上にいるメンフクロウだけだ。すこしずつ増えていく光に目を細めたフクロウは、逃げるように校舎のほうへと飛び去っていく。

犬はやがて、こぶし大の石をごろりと掘り返した。小さく空《あ》いた穴から漏れでる光量が増し、やがて大きな光の柱となる。それを見た犬は満足げに鼻を鳴らし、だれにも気づかれることなくどこかへ走り去った。

反応が遅れたのは、光に気づいた生徒の多くが演出の一部だと考えたせいだ。

「あの光はなんだ?」

自身の魔法に集中していたトランが光の柱に気づくのと、光がその形を変化させるのは、ほぼ同時だった。

「え?」

光の柱が無数の矢に形を変え、驚きで固まったトランめがけて降ってくる。しかし的となったのはトランではなく、炎だ。無数の矢に貫かれた炎が、強い光でウンディーネと水柱をかき消していく。

「なんだ、これは……」

炎がふたたびサラマンダーへと形を変えた。耳をつんざくような咆哮《ほうこう》に驚いた生徒たちが、あわてて逃げだす。

突然のことで状況がのみこめないトランは、その場を動くことができない。

事態を察したノーザン先生が、カピバラを抱えたまま広場にかけこんできた。

「トラン、手帳を閉じろ!」

ノーザン先生の背後に逃げまどう生徒の姿を見たトランは、自分がサラマンダーの制御を失っていることに気づき、あわてて魔法手帳を閉じる。

空中に浮かんだ召喚《しょうかん》魔法陣を消せば、サラマンダーはすぐに消える——はずだった。

「なぜだ!?」

しかしサラマンダーは消えない。周囲のすべてを焼きつくそうとするかのように、炎を吐きながら暴れつづけている。セントラルガーデンを彩っていた植物たちが燃やされていくのを、トランは呆然と見つめた。ノーザン先生がふたたび叫ぶ。

「だめだ、逃げろ！　みんな校舎へ！

あっけにとられていたクルミたちも、ノーザン先生の言葉でわれに返った。

「ユズ様っ」

「急いで！」

レモーネとミカーナに急かされ、ユズがあわてて走りだす。

トランは事態を収拾しようとその場にとどまり、もう一度魔法手帳を開いた。しかし、すぐにソフィアに止められる。

「会長、逃げましょう！」

「いや、消去の魔法陣を発動すれば……」

「やめろ！」

トランの考えはノーザン先生に一蹴《いっしゅう》された。

「完全に制御を失ったんだ。下手すれば、状況が悪化するぞ」

「しかし、このままではっ」

「すでに防御結界を展開済みだ。セントラルガーデンの外に被害がおよぶ心配はない。こういうときのための対応マニュアルもある。今はとにかく、生徒の安全が最優先だ」

トランは悔しそうに顔をゆがめたが、それ以上の抵抗はあきらめ、校舎へ向かって走りだす。

教員も含めその場にいた全員が避難を開始するなか、それでも動かない生徒がいた。

クルミだ。

「ちょっとクルミ！　なにしてるの⁉　早く逃げるよ！」

「なんとかしなくちゃ」

マキの声が届いていないのか、クルミはまっすぐにサラマンダーを見つめている。

「魔法使いならきっと……」

「なに言ってんの！　私たちは魔法使いどころかマ組ですらないんだよ⁉」

動こうとしないクルミの腕を必死で引っぱるマキに、気づいた男子生徒たちがいた。

「おいアスカ、あれ」

「マキ……？　あっちは多分、例の、クルミ＝ミライだ」

逃げる足を止めて顔を見合わせた二人は、着ている制服こそ異なるものの、鏡写しのような同じ顔をしている。

「なにやってるんだ、あいつら」

双子の弟であるアスカ＝クルマルが、先に一歩踏みだした。クルミが恐怖で動けないのなら、マキを手伝わねばと考えたからだ。兄のキョウ＝クルマルもまったく同じことを考え、広場を振り返った。

そのとき、目の前を小さなかげが横ぎった。突然のことに驚いた二人は、走りだすタイミングを失い、サラマンダーへと向かっていく背中を見つめる。

なぜこんなところに、子どもが……？


「クルミってば！」

マキはまだ、クルミを広場から引きずりだそうとしていた。二人がいるのは、サラマンダーの背中側。まだ気づかれてはいない。逃げ道を探そうとあたりを見回すと、ガーデンを取り囲むように張られた半透明の幕が見えた。

あの防御結界さえ越えれば――マキは立ちつくすクルミの横顔を見る。その瞳にはサラマンダーが映っているのに、視線は目の前のサラマンダーではないどこかに向けられているようにも見える。

いったいクルミは、なにを見ているんだろう……マキが不安にかられたそのとき、クルミがなにかに気づいたように視線を動かした。やっと正気に戻ったとマキが喜びかけた、次の瞬間。

「あの子……危ないっ！」

サラマンダーの正面に立つ小さなかげに気づいたクルミは、なにも考えずに走りだした。

あれは、女の子だ。大きなとんがり帽子を被っているせいで身長がわかりにくいが、どう見ても子どもだ。サラマンダーの熱風に、紺色のマントと長い髪があおられている。

クルミは広場を取り囲む花壇の裏を走り、女の子の背後にある物かげにすべりこんだ。

「ここからどうするの？」

その声にクルミは飛び上がるほど驚いた。マキがいることをすっかり忘れていたのだ。クルミの袖を握るマキの手が震えていることに気づき、申し訳なくなる。

過集中で周りが見えなくなるのは、クルミの悪いくせだ。しかし、目の前の子どもを見捨てるわけにもいかない。

制御を失ったサラマンダーは、正面から見るとさらに恐ろしかった。クルミは、どうやって助けようかと女の子の背中を見つめる。ぱっと見は、十歳前後だろうか。自分の三倍も四倍も巨大なサラマンダーを見上げて仁王立《におうだ》ちする姿に、怖がっているようすは感じられない。

そういえば、どうして先生たちはサラマンダーを放置して逃げたのだろう。あんなに小さな子がここにいるのに。クルミが首をかしげた、そのとき。

「火、水、土、風……」

女の子が手をかざし、よくとおる声で詠唱《えいしょう》をはじめた。応えるように、美しく光る四色の玉が生成されていく。

「四大元素、エレメント！」

女の子の号令とともに四つの玉がはじけ、四色の光線に変わる。胸ポケットから取りだしたペンを宙へ投げると、空中でくるりと回転してステッキに変化した。ブルーグリーンの持ち手の先には、月と太陽をかたどったオブジェが見える。手に戻ったステッキを掲げた女の子が、ふたたび詠唱をはじめた。

「火は水を蒸気に」一つ目の魔法陣。

「水は火を消し」二つ目の魔法陣。

「土は風を重く」三つ目の魔法陣。

「風は土をゆるめる」四つ目の魔法陣。

空中で重なり合った四つの魔法陣めがけて、ステッキから虹色の光がはなたれる。

「活性、鎮静、安定、活動！」

応じるように動きだした魔法陣が、サラマンダーにまっすぐ吸いこまれた。

炎と融合した……？

クルミが身構えた瞬間、サラマンダーのうろこのすき間から虹色の光が漏れだしてくる。

「あっ！」

クルミとマキの目の前で、光につつまれたサラマンダーは霧散《むさん》した。爆風と火の粉にあおられているのに、不思議とちっとも熱くない。二人をつつむ虹色の光に中和されているかのようだ。

あっけに取られている間に爆風はおさまり、気づけばそこは、歓迎セレモニー開始前と変わらないセントラルガーデンだった。焼けたはずの草花たちも、元の姿のまま風にそよいでいる。

「ふぅ、いっちょあがりぃ～」

女の子はパンパンと手でほこりを払い、満足げにあたりを見回した。その肩には黄緑色のカエルがちょこんと乗っている。そのカエルがクルミたちに気づき、主人に知らせるかのように「ゲロゲロ」と鳴いた。

「ん？」

振り向いた女の子とクルミの目が合う。驚きで固まったままのクルミに、女の子がほほ笑みながら「よっ」と片手をあげた。マキには「おつかれ」と声をかけ、そのまま校舎へ向かって歩きだす。

「あ～、お腹すいたぁ」

圧倒的な魔法を見せつけた直後とは思えない。平然とその場を去っていく女の子を、クルミとマキはただ見送ることしかできなかった。

一方、すこし離れたところで見ていたアスカとキョウも、驚きで動けずにいた。

「なあ、キョウ。あの子、手帳なしで魔法を使っていなかったか？」

「だけど、魔法陣を手で描くなんて……そんなことあるはずがない」

キョウはもらったばかりの手帳をポケットから取りだした。

魔法を発動するためのすべての機能がつまった、魔法使いとその見習いであるマ組生だけが持てる、魔法手帳。これがなければ魔法陣を生成することはできないはずだ。

キョウは困惑したまま、去りゆく少女の背中を見つめた。

＊

歓迎セレモニーでのできごとは、魔法手帳に不具合があったと告げられただけで終わった。

あの少女を話題にする人はいない。みんな逃げたあとだったから、見ていないのだろう。寮からの見学者も多かったが、騒動がはじまった直後に防御結界が発動したため、だれも事の顚末《てんまつ》を知らないようだ。

その夜、早々にベッドに入ったクルミは、なかなか寝つけないまま自分の緑色の手帳をながめていた。二段ベッドの下段からは、クルミよりも遅くベッドに入ったマキの規則正しい寝息が聞こえてくる。

「あの子、なんだったんだろう」

小さなからだで、あっという間にサラマンダーを消してしまった。見た目も年齢もまったくちがうのに、迷いなく魔法陣を描くうしろ姿が魔法使いさんを思い起こさせる。

寝返りをうって窓の外を見ると、あの日のような満天の星が広がっていた。

遠くでフクロウが鳴いている。

――フクロウの声は、アブニールの森と変わらないんだな。

ようやくまどろみはじめたクルミの意識は、そのまま十年前へと還《かえ》っていった。

＊＊

その日クルミは、夕刻を告げる鐘《かね》の音で目を覚ました。すこし昼寝をするだけのつもりだったのに、いつの間にか部屋一面がオレンジ色に染まっている。

「もう夕方……」

寝ぼけながらつぶやいた自分の言葉にはっとして、あわててベッドから飛び降りた。

「わぁっ！」

庭に面した丸窓を開けて、空を見上げる。雲はない。暗くなりかけた空にはぽつぽつと星が見えはじめ、おばあちゃんが大切に手入れしている庭の花壇や、いつも遊んでいるアブニールの森を、美しい夕陽が照らしていた。

「ねぇ、おばあちゃん！」

階段をかけ下りて、おばあちゃんの背中に飛びつく。ちょうど、クルミが大好きなミートパイをオーブンに入れるところだ。いつもだったら大喜びで一緒にオーブンをのぞきこむけれど、今はそれどころじゃない。

「今夜、コペルン彗星が見えるんだよね？」

朝からもう何度目の質問だろう。百年に一度しか見られないという大彗星を、クルミはずっと前から楽しみにしてきたのだ。

「あたり一面、お星さまが降ってくるんだよね！」

「そうだよ。このまま天気がもつといいんだけど」

おばあちゃんはそう答え、オーブンの扉を閉めた。焼き上がるまであと三十分はかかる。

「じゃあわたし、今のうちに天気のおまじないするっ！」

クルミは急いで自分の部屋に戻り、おばあちゃんにもらったお気に入りのペンを手にとった。つるりとした白い柄をぎゅっと握りしめる。

「お月さまとぉ、お星さまとぉ……」

晴れた夜空を思い浮かべながら、紙いっぱいに丸や星形を描いていく。ペンを置いて祈るように手を合わせ、目を閉じた。

どうかこのまま、雨が降りませんように――心のなかで三回唱えてから丁寧に折りたたみ、もう一度部屋を飛びだす。

今日はとびきり上手に描けたから、おばあちゃんもきっとほめてくれる。

おまじないは完ぺきだ。

あとすこし。あとすこしで、彗星が見られる。

＊

「夕方までは、晴れてたのに」

結局おまじないは、効かなかった。

陽がしずんでからぽつぽつと降りはじめた雨は、すぐにどしゃ降りに変わった。

夕食を終えて部屋にこもったクルミは、それからずっと雲の切れ間を探している。

コンコンとドアをたたく音がした。

「クルミ、まだ起きていたの」

パジャマ姿で冷たい窓ガラスに貼りつくクルミの肩に、おばあちゃんは自分の羽織っていたブランケットをそっとかけた。冷たくちぢこまったからだが、おばあちゃんのぬくもりで優しくほぐされていく。

「残念だけど、もうあきらめて寝なさい」

「……わかった。おやすみなさい」

ドアが閉まる音を聞きながら、クルミはため息をついた。ポケットからおまじないの紙を取りだす。思いをこめて描いた図形たちも、今はただの落書きにしか見えない。

「おまじないなんて……ぅぅ……」

クルミの両目から大粒の涙があふれてきた。

百年に一度なのに。今日の夜を、ずっとずっと楽しみにしていたのに。

「見たいよう……」

おまじないの紙をぐしゃりと丸める。

こんなもの、なんの意味もなかった――悔しさのあまり、丸めた紙を放り投げようとした、そのとき。

「うわっ」

突然、窓から強い光が差しこんだ。

目を細めて窓の外をのぞくが、部屋中を照らす光がまぶしくて、なにも見えない。

正体をたしかめようと、クルミは外に飛びだした。肩にかけたままのブランケットが、雨水を吸ってずんと重くなる。靴のなかは泥水でぐしょぐしょだ。大粒の雨を全身に浴びながら、クルミは光の源をめざし丘をかけ上がった。

息を切らせてたどり着いた先にいたのは、髪の長い女の人だった。頭にとんがり帽子を被り、その背には赤紫色のマントをはためかせている。

すこし離れたところで足を止めたのは、その人が宙に浮いていたからだ。

女性が指でくるくると小さな円を描くと、あたり一帯を照らしていた光がきゅうっと小さくなる。集まった光は指の動きに沿って形を変え、次第に美しい模様が浮かび上がった。重なりあった模様が大きな円に囲まれると、そのまま空へのぼってすうっと雲に吸いこまれていく。

「あっ」

クルミは思わず声をあげた。模様が吸いこまれたところから雲が割れ、夜空に星が見えはじめたからだ。

いつの間にか雨がやみ、クルミの足元からはうっすらと光るシャボンのようなものが立ちのぼりはじめた。女性が空に向かって両手をかざすと、シャボンは速度を上げて空へ向かい、雲の切れ間をどんどん押し広げていく。

「わぁ！　きれいっ」

まるで幕が開けるかのように、雲が晴れた場所から大彗星が現れた。その尾からは星を散りばめたような光の粒がこぼれ、夜空すべてをキラキラと輝かせている。

女性が満足そうにほほ笑んだのを見て、クルミはその足元に近づいた。勇気をだしてたずねてみる。

「あの、もしかして魔法使いさんですか？」

女性はすこし驚いてクルミを見下ろし、それからふわりとほほ笑んでうなずいた。

「ええ、そうよ。ほら」

女性が懐から取りだしたペンをくるりと振ると、月と太陽の装飾がほどこされたステッキに変わる。はじめて見る魔法に、クルミはワクワクした。

本物の魔法使いが、目の前にいる……!!

「でも、本当はね、だれだってみんな魔法使いなのよ」

「え？」

ゆっくりと地面に降り立った女性が、クルミと視線を合わせるように身をかがめた。

「ただ、いつの間にかその使い方を忘れてしまっただけ」

驚くクルミの手から、くしゃくしゃに丸められた紙が落ちる。握りしめたまま来てしまったらしい。女性はそれを拾い、破れないように丁寧に開いた。描かれているのは、クルミが一生懸命描いたおまじないの模様たち。顔をあげた女性が、優しいまなざしでクルミに問いかける。

「魔法、好き？」

「うん！」

クルミにとって魔法は、憧れだ。

今夜だって、もし自分に魔法が使えたら……と何度願ったかわからない。

「なら、あなたもなれるわ。魔法使いに」

「ほんと？」

「もちろん」

嬉しそうに目を輝かせるクルミに、女性は緑色の手帳を差しだした。

「じゃあ、これは約束の証。また会う日まで、持っていてくれる？」

クルミはじっと手帳を見つめ、それから女性に向かって大きくうなずいた。

「うんっ！　わたし、大きくなったらぜったいぜーったい、魔法使いに……!!」

＊＊

「なれ……なかった……」

小さな寝言は、カタカタと窓ガラスを鳴らす風にかき消された。

窓の外から部屋をのぞいていたメンフクロウが、「ホウ」とひと鳴きして飛び立つ。

深い眠りに落ちたクルミの手のなかでは、あの日の手帳が月あかりを受け、ほんのりと光っていた。

#02 わたし、魔法使いになれる、かも？

翌朝、クルミとマキが教室に入ると、すでに多くの生徒が登校していた。遅くなったのは、マキがふわふわのお団子ヘアにこだわって、鏡台から動かなかったせいだ。

クルミははじめて入る教室をぐるりと見渡した。

三人がけの机が横に二台、三列にならんでいる。木製の重厚なつくりで、三人分のノートと教科書を広げても充分なサイズだ。床はうしろに向かって一段ずつ高くなっており、最後尾からでも黒板が見えやすいよう工夫されていた。壁一面の本棚も、教卓前に置かれた天球儀《てんきゅうぎ》も、すべてがクルミの好奇心を刺激するものばかりだ。

マキと二人で天球儀に夢中になっていると、うしろからポンと肩をたたかれた。

「おはよー！　マジックス本部校のマキ＝クミールさんだよね？　噂《うわさ》どおりの美人さんだからすぐにわかった。えっとこちらは……」

「クルミ＝ミライです」

「あ……えっと、サリィ＝アンドルです！　よろしくね」

サリィは一瞬気まずそうな顔をしたものの、すぐににこりと笑う。

一位なのに普通科のクルミ＝ミライ……と顔に書いてあった気がするのは、自意識過剰だろうか。教室のあちこちから視線を感じる。「マジックスでクルミは有名人」というマキの言葉は、大げさではないらしい。

サリィはいつの間にか次の生徒へ声をかけていた。すぐにお互いの名前がわかるあたり、みんな塾でつながっているのだろう。ここでは、マジックス出身でない生徒を見つけるほうが難しそうだ。

「スクープ、スクープ！　担任決定だ！」

そこへ、眼鏡をかけた男子生徒が飛びこんできた。クルミは心のなかで、「マイク＝ショウ」とつぶやく。マジックス出身でない分、せめてクラスメイトの名前と顔くらいは一致させておこうと、持ち前の暗記力をフル稼働して覚えてきたのだ。

「優秀な女性教師らしいわ。しかも、国家魔法師」

マイクのうしろから入ってきたユズが、すました顔でそうつけ加えた。

「普通科なのに魔法使いが担任って……なんで？」

「さぁ？　直接お訊《き》きになったらいかが？」

驚きのあまり思わずたずねてしまったが、ユズはあいかわらずそっけない。シュンとうなだれるクルミを、マキが苦笑いでなだめた。

そこでちょうど予鈴が鳴り、ざわめきを残しつつそれぞれの席へ戻っていく。クルミも窓ぎわの最前列にある「一番」の席に座り、背筋を伸ばして担任の登場を待った。

座席は入試の成績順である。クルミの席は、一組で一番いい成績だったことの証だ。

つまりそれは、マ組まであと一人だったということでもある。昨日の入学式でその事実を知ったときにはショックだったが、それほど引きずりはしなかった。マ組ならまだしも、普通科でだれかのうしろに座るわけにはいかない、という気持ちのほうが強かったからだ。

隣にはマキが座っている。「普通科に入れただけでラッキー」と言っていたくせに、マキはしっかり一組二番を獲得していた。合格はラッキーでもなんでもない。

それにしても、国家魔法師が担任……いったいどうして?

クルミはあれこれ想像を巡らせる。国家魔法師ということは魔法学を担当するはずだ。

クルミの脳裏には、あの日の魔法使いさんが立っている。あんな素敵な人が担任だったら、たとえ魔法の使い方を教わることはできなくても、たくさんワクワクさせてくれるだろう。

教室が緊張感につつまれている。期待と不安でみんなが押し黙ったそのとき、カツカツとヒールを鳴らす音が廊下に響いた。足音は、だんだんこちらへ近づいてくる。音がやむと同時に教室の扉が開き、生徒たちの視線がいっせいに入り口へ向けられた。

「え?」

あんぐりと口を開けたのは、クルミだけではない。

紺色のマントをはためかせて颯爽《さつそう》と登場したのは、十歳前後の少女だった。つばの広いとんがり帽子の下で、ゆるやかにウェーブした長い髪がふわふわと揺れている。小さな肩の上で器用にくつろいでいるのは、見覚えのある黄緑色のカエルだ。

クルミは思わずマキと顔を見合わせる。

まちがいない。昨日の女の子だ。手描きの魔法陣でサラマンダーを消したあの少女が、目の前にいる。

「みなさん、ごきげんよう！　普通科一組担任のミナミ＝スズキです」

少女が小首をかしげてかわいくほほ笑んだ。どう見ても年下にしか見えない担任のあいさつに、生徒たちはなんと答えればいいのかとまどっている。

セントラルガーデンでの一部始終を見ていたアスカも、一番うしろの席で固まっていた。

「先生、よろしいでしょうか？」

マイクが手をあげて立ち上がる。

「国家魔法師だというのは本当ですか？」

「本当です」

「しかし先生は、どう見ても……」

「子どもに見える？」

ミナミ先生の直球に、マイクがたじろぐ。

「魔法使いの見た目を、まるっとそのまま信じたらだめですよ。これから先も、ね」

そう言った先生の笑顔に、クラスの空気が固まった。顔は笑っているのに、笑っていない。これ以上質問させないという圧がある。

「ありがとうございました」

その迫力に気圧《けお》され、マイクがしぶしぶ席に座った。もうだれも、質問しようとしない。ミナミ先生は満足そうにうなずくと、何事もなかったかのようにホームルームを再開した。

「まずは、生徒手帳を配りまーす」

ミナミ先生が懐から取りだしたペンを投げる。すると淡く光って、ステッキへと形を変えた。

昨日クルミたちが見たものと同じ魔法具だ。ミナミ先生が大きく腕を振るようにステッキを動かすと、空中に魔法陣が浮かびあがり、その中心からパラパラと十八冊の生徒手帳が落ちてきた。

「今、魔法陣を『描いた』の……？」

注意深く担任を観察していたユズは、あっけにとられた。魔法陣を『描く』というありえない事態に、声をあげる余裕もない。

しかも、あまりにも自然に描いたせいか、生徒のほとんどがその異質さに気づいていなかった。担任が子どもということだけで、頭がいっぱいなのだろう。

「ほんじゃ、名前を呼ばれた人から取りにきてください」

ミナミ先生はコホンと咳払《せきばら》いし、名前を呼びはじめる。

「マキ＝クミール」

「は、はい！」

呆然としていたマキが、あわてて立ち上がる。

ミナミ先生はその後も淡々と名前を読みあげ、まだとまどっている生徒たちに手帳を渡していった。

「じゃあラスト、クルミ＝ミライ」

「はい！」

「楽しんでね」

にこりとほほ笑んだミナミ先生が、両手でクルミに生徒手帳を渡す。

手のなかにあるのは赤い革表紙の普通科手帳で、開いてみても、魔法陣生成のためのボタンはない。ただの紙の手帳だ。

「そうだよね、ただの生徒手帳……魔法手帳のはずがない」

忘れかけていた悔しさがこみ上げそうになったクルミだったが、新たにやってきた担任は、感傷にひたるすこしの時間さえ与えてくれなかった。

「では、全員に生徒手帳を配ったところで……エッヘン」

ミナミ先生が得意げな顔で教室中を見回す。キラキラと輝く瞳は、まるでイタズラを思いついた子どもみたいだ。

「私は、国家魔法師です。その私が担任になったということはつまり……」

なにがつづくのかと注目する生徒たちに、ミナミ先生がにこりと笑いかけた。

「みなさんには、魔法を覚えてもらいます！」

「えっ？」

教室がしんと静まる。

「ですから、みなさんには、魔法使いになってもらうんです！」

……一瞬の空白ののち……。

「えぇぇぇぇぇぇぇ――!?」

教室中に叫び声が響いた。驚きととまどいでクラスメイトが混乱するなか、唯一クルミだけが希望で目を光らせている。


まだ、あきらめなくてもいいの？

普通科でも、魔法使いになれるの？

――本当に？

＊

午前の授業はあっという間に終わってしまった。クルミには、ミナミ先生以外の教科担当の記憶がほとんどない。それほどミナミ先生の発言が衝撃的だったのだ。

「せっかくだから、今日のランチは《レットラン野菜たっぷりの秋色オムライス》にしよ」

校舎の食堂を利用するのは、今日がはじめてだ。

寮の食堂はメインメニューが決められていて、副菜だけを数種類のなかから選ぶことができる。一方、校舎の食堂には、常時十種類以上のメニューが用意されている。メニューを見るだけでワクワクして決めきれなかったクルミは、マキにならってオムライスにサラダとスープがついた『本日のスペシャリテ定食』の食券を購入した。二人でならんで調理場をのぞくと、そこにはなぜか、大鍋をぐるぐるとかき回すサリィの姿がある。

「サリィは、有名食堂チェーンの一人娘なんだけど、家業を超えるオリジナルレストランチェーンをつくるためにレットランに入学したんだって」

「へぇ！」

「入学早々校長に直談判して、食堂のメニュー考案に参加させてもらえることになったらしい。これからずっと、スペ定がサリィ考案のメニューだよ」

マキの話を聞いたクルミは、すこしでも応援になるよう、これから毎日スペ定にしようと決めた。

大勢の生徒でにぎわうなか、なんとか空いている席を見つけマキと座る。

ふわふわの半熟卵が乗ったオムライスをほおばると、明るいサリィを思い起こさせるようなあざやかなおいしさが、口いっぱいに広がった。おばあちゃんのつくるケチャップオムライスとはちがう、いろんな食材の旨味がつまったデミグラスオムライスだ。

「すごいなぁ……」

厨房で動き回るサリィを見つめ、クルミは小さくため息をつく。

「うん。おいしいよね」

マキはあっという間にオムライスを半分に減らしていた。寮の食堂でも気づいていたが、華奢《きゃしゃ》な見た目からは想像できないくらい食欲旺盛なマキは、食べるのも早い。見ているだけでおなか一杯になりそうだ。クルミはスプーンを置いて、マキに顔を寄せた。

「ね、マキ。今日ミナミ先生が言ってた、わたしたちに魔法使いになってもらうって……あれ、どういうことなんだろう」

あぁ、とマキも食事の手を止めた。しかし、クルミほど深刻にはとらえていないようで、肩をすくめて首をかしげる。

「マ組以外で魔法使いになるなんて、聞いたこともないからなぁ。そもそも、うちのクラスに魔法使いになりたい人って、どれくらいいるんだろう」

「どういうこと？　みんなマ組をめざして受験したんじゃないの？」

クルミにとって、レットランを志望することは、魔法使いをめざすことと同義だった。特に一組は、成績順に振り分けられた普通科のなかで、もっとも学力の高いクラスである。クラスメイトたちはみんな、惜しくも魔法使いになるチャンスを逃した同志なのだと思いこんでいた。

「みんな魔法使いになりたくてマジックスに通ってたんでしょ？」

思わず大きくなった声は、真うしろにいたユズたちの耳にも届いたらしい。

「今、魔法使いとか聞こえたけど……もしかして、あんな戯言《ざれごと》を本気で信じてらっしゃるのかしら？」

「だって……」

ユズに反論しようとしたクルミをさえぎり、レモーネが念を押すような口調で言う。

「魔法使いになれるのはマ組だけ！　私たち普通科は、その名のとおり『ふ・つ・う』なのですぅ」

「ふつう……」

「ふつう……ね」

レモーネの言葉に、クルミだけでなくあおったユズまで顔をゆがめた。それに気づいたミカーナが、あわてたように言う。

「で、でも、普通科はその分、いろんなことを学べるし。将来の夢をしっかり持った子は、最初から普通科狙いの場合も多いのよね」

ユズは気をとりなおしてうなずき、厨房で走り回るサリィに目を向けた。

「そうね。たとえばサリィ＝アンドルは、世界中に自分のレストランをつくるのが夢」

食事もとらないで奔走《ほんそう》しているにもかかわらず、遠目にもいきいきと楽しそうなようすが伝わってくる。

つづいてユズは、ソファ席でスプーン片手に気持ちよく歌っている男子生徒をさした。

「向こうのテーブルで歌っているドク＝パパロッティは、親族そろって代々医者の家系なのに、歌手をめざしてるんですって。同じテーブルで絵を描いているテツ＝レイルウェイの夢は、いつか自分の故郷に鉄道をとおすこと。隣のマイク＝ショウは、世界中を飛び回る報道記者のお父様に憧れて、同じ道をめざしているそうよ」

「……」

次々とクラスメイトの夢を紹介していくユズの言葉を、クルミは黙って聞いていた。クラスメイトたちが魔法使い以外の具体的な夢を持っているという現実に、まだ頭が追いつかない。

「あ」

ユズが食堂の入り口を見た。クルミもつられてそちらを見る。

「今入ってきたアスカ＝クルマルは、マ組にいるキョウ君と双子なの」

華やかな顔立ちのアスカは、みんなと同じ制服を着ているのに着こなしが全然ちがう。自分でアレンジしたのか、腰には巻きスカートまで巻いていた。

「アスカ君は見てのとおり、ファッションセンスが抜群！　デザイナーをめざしてるそうですぅ」

頬を染めたレモーネが、力強く説明する。そして自身は、実家の果樹園を大きくしたいのだとつけ加えた。

「おわかりになった？　普通科だってみんな、それぞれの夢を叶えようと必死に勉強して、合格をつかみ取ったのよ」

ユズの言葉は、マ組しか見えていなかったクルミの胸にずきんと刺さる。

「みんな、具体的な夢があるんだね」

ショックを受けるクルミの隣で、オムライスをほとんど平らげたマキがうんうんとうなずいた。

「たしかに私も、ダンスを極めたくてレットランの普通科をめざしたし」

「マキも……」

「クルミさんには、ここで叶えたいことはないんですか？」

うつむきかけたクルミに、レモーネが問う。その質問の答えは、まだ一つしかない。

「わたしの夢は……魔法使いになることだったから……」

ユズがぴくりと眉《まゆ》を動かす。

「だから、ミナミ先生があぁ言ってくれて、魔法使いになるって夢、まだあきらめなくていいのかもって」

「残念だけど、その夢はあきらめるしかないわね」

クルミの言葉をさえぎるように、ユズが立ち上がる。

「レットランなら、普通科でも多くの夢を叶えられる。ただ一つ、魔法使いになるという夢を除いてね」

クルミは思わず、ポケットの手帳を押さえた。魔法使いさんとの約束の証はまだここにある。

クルミにとってミナミ先生の言葉は希望の光だ。だけど――。

「マ組に入れない限り、魔法使いにはなれない。これがゆるぎない事実なのよ」

ユズが言うことは正しい。だからこそクルミだって、必死で勉強しつづけてきたのだ。

「ユズ様の言うとおり、むだな夢は早くあきらめるですぅ」

レモーネの言葉が刺さっているのは、クルミだけでなくユズも同じだ。クルミは知るよしもないが、ユズも本気でマ組をめざしていた。本気だったからこそ、未練がましいクルミにも、無用な期待を抱かせたミナミ先生にも、腹を立てているのである。

「あなたも、早く別の夢を見つけるべきね」

クルミの答えを待たず、ユズはその場をあとにする。発した言葉の全部が自分に返ってきたことで、ユズはあらためて魔法使いへの未練を自覚していた。クルミよりも泣きだしそうな顔をしているユズに気づいたのは、ユズの努力を間近で見つづけてきたミカーナだけだった。

＊

入寮三日目になると、新入生もだんだん環境に慣れてくる。消灯時間の二十二時が近くなっても、一年生の部屋が集まる二階の廊下からはにぎやかな声が聞こえていた。

しかし、クルミの頭のなかは考えることでいっぱいだ。予習のために開いた教科書も全然進まない。ポケットからいつもの手帳を取りだし、ため息をついた。

「魔法使い以外の夢……なにも思いつかない。どうしよう」

「そんなに焦って決めるもんじゃないでしょ」

鏡台で髪をとかすマキと鏡ごしに目が合い、クルミは思わず「いいなぁ」とつぶやく。

「ダンスって夢を持ってるマキがうらやましいよ」

髪をとかす手を止めたマキが、振り向いた。その顔は笑っていない。

マキもこんな顔をするんだ――はじめて見る暗い表情に、クルミはどきりとした。

「私の夢は、そこまでうらやましがられるようなものじゃないよ」

「え？」

「実はうちの実家、宮廷舞踏団《きゅうていぶとうだん》なんだよね」

宮廷舞踏団とは、神子《みこ》として太陽神に祈りを捧げる王家直轄組織である。クルミたちの住むセントール王国では太陽神を国教《こっきょう》にさだめており、その太陽神に唯一祈りを捧げられるのが、宮廷舞踏団だった。その歴史は古く、一説には建国より旦く存在していたとも言われている。

マキの突然の告白に、クルミは言葉を失った。

「物心つく前から舞踏団の舞《まい》を見て育って、一緒におどるようになったらどんどん舞が好きになって。いつかこの舞踏団を引っぱる存在になりたいと思ってた。でも」

マキがぐっと唇をかむ。なにを言おうとしているのかは、クルミにもわかった。

「宮廷舞踏団の正統後継者は男性だけ！　私には無理でした〜チャンチャン」

最後はいつものマキらしく笑ったが、その目は潤んでいるようにも見える。

「……性別なんて関係ないのに」

「私は、伝統を守ることも宮廷舞踏団の務めだと思うんだ。好きだからこそ、守りたいんだよ。さいわいうちには、私に負けないくらい宮廷舞踏団が大好きな弟もいるしね」

好きだからこそ守りたい……健気《けなげ》なマキの言葉が、クルミの胸にずしんと響いた。

マ組だけが魔法使いになれるという伝統も、魔法使いに憧れているからこそ守るべきなのだろうか？　ユズが言うように、別の夢を見つけなければならないのだろうか？

「だから、本気で望んだのに叶わなかったクルミの悔しさも、わかるんだ」

出会ったときからうじうじするばかりだったクルミを温かく受け止めてくれたのは、マキも一番の夢をあきらめるつらさを味わってきたからなのだと、クルミはようやく理解した。

「でも今は、これでよかったと思ってる。型のちがうダンスにも、宮廷舞踏団に負けないくらいのやりがいや楽しさがあるって知ってるし」

クルミが魔法使いの夢をあきらめきれないのと同じように、マキにだって複雑な思いはあるだろう。だけど、マキはきちんと前を向いている。クルミに言えることはなにもない。

「そっか。マキがいいなら、それが答えだね」

マキは大人だ。自分の夢を実現可能な未来に軌道修正したうえで、努力している。

「わたしも新しい夢を探さないといけないのに……ミナミ先生が変な期待させるからさぁ」

椅子にもたれて大きくのびをしたクルミは、勢いあまってそのままうしろに倒れてしまった。

「なにやってんの～」と大笑いしながら手をのばすマキの顔を見て、クルミはほっとする。やっぱりマキには、太陽みたいに明るく笑っていてほしい。

「ただ、蒸し返すようで悪いけど……ここだけの話、ありえると思うよ」

「え？」

クルミを助け起こしたマキが、耳打ちするように顔を近づけた。

「みんなは避難しちゃったから見てないけどさ、私たちは知ってるじゃん。ミナミ先生の魔法、ホントすごかったもん」

魔法手帳を使わず魔法陣を描いたミナミ先生の背中を思いだす。

魔法手帳を持つトランも、マ組担任であるノーザン先生すら無理だとあきらめた、暴走したサラマンダーを――。

「エズたちはあれを見てないから、ミナミ先生のことも信じられないんだよ」

「たしかに……」

「魔法使いのなかには、見た目年齢を変えられる人もいるって聞いたことあるし。ああ見えてすごくベテランなのかもね」

クルミの胸に小さな期待が灯《とも》った。ユズに言われてあきらめるべきだと思っていた夢が、もう一度大きくふくらみはじめる。

「ミナミ先生、案外本気で私たちを魔法使いにしちゃうつもりかもよ？」

マキの言葉で、クルミの心が一気に高まる。

「そうだよね……あんなにすごい魔法を、手帳なしでできちゃう先生なんだし」

本当に魔法使いになれたなら——そんな希望がクルミの全身をかけ巡る。

嬉しそうな顔で緑色の手帳を抱きしめるクルミを見て、マキがこほんと咳払いをした。

「ところでクルミ？　ずっと聞きたかったんだけど、その古い手帳ってマ組の魔法手帳と同じだよね？」

「見た目はね。でもこれ、中身は普通科の生徒手帳と同じ、ただの紙なの」

模造品かなぁと首をかしげるクルミに、マキが首を振る。

「今の魔法手帳の技術が確立されるよりも、レットラン創立のほうがずっと古かったはずだし、もしかしたら大昔のマ組手帳って可能性もあるよ。気になるのは、なんでそれをクルミが持ってるのかってことだけど」

不思議そうにたずねるマキに、クルミはコペルン彗星の夜に起きたできごとを話した。魔法使いさんとの思い出をおばあちゃん以外に話すのは、これがはじめてだ。

「それで、その人と魔法使いになるって約束したんだ」

「うん。だからわたし、あの日からずっとずっと魔法使いになりたいって、そのためだけにがんばってきて」

「そっか……」

忘れかけていた痛みがクルミの胸をえぐるが、魔法使いになれる可能性を知った今は、前ほどつらくない。クルミは緑色の手帳をもう一度、ぎゅっと抱きしめる。

「そこまで想いが強いなら、まだあきらめる必要はないよ」

マキの言葉に、クルミはこくりとうなずく。

「ありがとうマキ。わたし、ミナミ先生を信じてみる。だって、やっぱりどうしても、魔法使いになりたい」

決意を新たにするクルミのようすを、窓からこっそり黄緑色のカエルがのぞいていた。

ふっ切れたように笑うクルミを確認したカエルは満足そうに「ゲロゲロ」と鳴き、そのままポンっと消えた。

＊

「ユズ様、ユズ様！　みんな飛んでるですぅ！」

午後の陽気にうとうとしかけていたクルミは、レモーネの声ではっと目を覚ました。窓の向こうに、空を飛ぶマ組生の姿が見える。

窓ぎわに集まったクラスメイトが「うわぁ」「かっこいい！」と興奮するなか、報道記者をめざすマイクは、どこから取りだしたのか望遠カメラまで構えていた。

「あれが、魔法使いだけが乗れるって噂のドローネか〜♪」

何度もシャッターをきるマイクの横で、歌手志望のドクが感激の美声を響かせる。

ユズはそんなクラスメイトたちを無視して、一人教科書を読んでいた。本当はだれよりも見たいのに、あのなかにいない自分を自覚させられるのが怖くて見ることができない。

「あれ、一年生だよ。入学してすぐにドローネの練習だなんて、さすがマ組だねぇ」

マキの言葉に驚いたクルミは、一人の生徒を指さす。

「あの人も⁉　すごく乗りこなしてる」

クルミがさしたのは、アスカの双子の兄であるキョウだ。

「おいアスカ、お前の兄貴すげぇぞ」

テツが縫い物をしているアスカに声をかけたが、当の本人はたいして興味もなさそうに「俺の兄貴だからな」と答えただけで、顔すらあげない。

テツの言葉に反応したのは、むしろユズだ。あれほど頑《かたく》なに外を見ようとしなかったのに、キヨウの名前を聞いたとたん、今度は見たくてうずうずしている。そんなユズに気づいたミカーナが、くすりと笑った。

ドローネでもり上がっているところへ、始業に遅れたミナミ先生がやってきた。

「ちょっとちょっと、みんな、うらやましそうに見なぁい！」

ぱんぱんと手をたたいて、みんなを見回す。

「さ、みんなも魔法使いの授業、はじめましょう」

いよいよだ！　クルミは胸を高鳴らせたが、クラスの雰囲気はあまりよくない。故郷に鉄道をとおしたいというテツが、手をあげて立ち上がった。

「でも先生、俺、魔法使いになりたいと思ってないんですけど」

「あ、俺も。国家魔法師より報道記者になりたいんで」

マイクも同調する。

「興味、ピアニッシモ〜♪」

と歌うドク。食堂の献立を考えているサリィと、縫い物をしているアスカは、ミナミ先生の言葉に反応すらしない。ユズは不機嫌そうな顔で頰杖をついていた。

「先生っ！　わたしは魔法使いの授業受けたいです！」

クルミは無関心なみんなに負けないよう、大きな声で手をあげる。そんなクルミに笑みを浮かべたミナミ先生は、懐からさっとペンを取りだし、そのまま魔法陣を描きはじめた。

その姿にクルミは目を輝かせたが、ユズはだまされないとでも言うように、フンとそっぽを向く。しかし、魔法陣が輝くと同時に自分の目の前にペンと紙が降ってくると、いったいなにをするのかといぶかし気にミナミ先生を見つめた。ユズだって本心では興味があるのだ。

「ペンと紙？」

首をかしげる生徒たちに、ミナミ先生は胸を張った。

「なんと！　遠い遠い昔は、みーんな魔法陣を手描きしていたんです！」

「え……」

ユズは眉をひそめてペンを手に取る。ユズの知る限り、魔法は魔法手帳があってこそ発動するものだった。ミナミ先生の描く魔法陣にも、きっとなにかカラクリがあるのだと思っていた。しかしまさか、本当に手描きしているとでも……？

「魔法陣を手描きなんて、ないなぁい～♪」

ドクが美声を張り上げると、ミナミ先生は不満げにぷうっと頬をふくらませた。幼いその顔はとても教師には見えない。

「本当です！　自分で描けるようになれば、みんな魔法使いになれるんだからっ」

「自分で描けるようになれば、わたしも……？」

クラス中が疑わしげにミナミ先生を見るなか、唯一クルミだけはワクワクと胸をときめかせていた。クルミの頭で妄想が広がる。自分が魔法使いになり、魔法陣を描いてキラキラの魔法を発現させる姿を……。

「ふん！　そんなの嘘に決まってるわ」

ユズが机をたたいて立ち上がる。その勢いに押され、クルミの妄想は強制終了された。

「先生、私たちは普通科の生徒です。魔法使いにはなれません！」

「ユズ様の言うとおりですぅ」

「魔法使いになるにはマ組卒業が条件だと、法律でも定められていますよね」

レモーネとミカーナもユズに加勢するが、ミナミ先生はまったく怯《ひる》むことなく、むしろ嬉しそうににやりと笑みをこぼす。

「でもそれって、魔法手帳を使う場合の話でしょう？」

「え……」

「そもそもみなさん、国家魔法師が実際にどんな仕事をしているのか、ご存じですか？」

クルミはすでに読破済みの魔法学の教科書を開いた。普通科用に用意された教科書には、魔法の活用や国家魔法師の職務に関する概要が、わかりやすくまとめられている。

「電気や水道をはじめとするインフラ整備、災害対策などの公共事業のほか、企業からの要請に応じた魔法具開発、医療活用ですよね。あとは、犯罪防止や紛争解決などの治安維持もおこなっています」

立ったままのユズがそう言うと、ミナミ先生は満足そうにうなずいた。

「そのとおり！　さすがエーデルさんですね」

ほめられたユズは「こんなの常識でしょ」と言いつつ、まんざらでもない顔で着席する。

「細かいことは教科書を読めばわかるので省《はぶ》きますが、つまり国家魔法師とは、国家の維持存続と発展を支える存在であり、当然、国家の意思に反するような自由活動は許されていません。魔法手帳もそのように制御されています」

だけど……とミナミ先生はいたずらっぽく笑う。

「手描きの魔法陣で魔法を使うことが、禁止されているわけじゃない。みんながどんな夢を持っていようと、将来なにになろうと、自分で魔法陣さえ描ければ、なんにだってぜーんぶ魔法が使えちゃうんです」

クルミは思いがけない魔法使いの解釈に驚いた。

ミナミ先生の言うことがたしかなら、つまり……。

「つまり、国家魔法師とはちがうかたちの魔法使いになれるってことですか？」

クルミの言葉で、クラスの空気が変わった。

「じゃあ、うちの村に鉄道をとおすのも？」テツが目を輝かせる。

「オペラ歌手になる夢も？」ドクがオペラ歌手のようにポーズをつけた。

「レストランの開業も？」書きかけのレシピ用紙を握りしめるサリィ。

「魔法が使えたら、舞台装置なんていらなくなる？」とマキ。

「魔法の力で、うちのフルーツたちも……」

ついにはレモーネまでうっとりと妄想を広げはじめた。

「もちろん！　ぜーんぶ魔法で叶えられるんです！」

ミナミ先生のガッツポーズにクラス中が沸き立つ。

「みなさんに配ったのは、簡単に言えば魔法ペン。通常はそのまま使いますが、紙以外のものに魔法陣を描きたいときは、ステッキに変えて使う場合もあります。慣れれば魔法ペンがなくても魔法陣を描けますが、それにはながーい修業が必要です。ひとまず今日は、ペンの状態で点と線、そして円を描いてみましょう」

「点と線と円か。よぉーし！」

クルミは腕まくりをしてペンを手に取った。ピンク色をしたふた式のペンはつやつやとなめらかで、昔おばあちゃんにもらったおまじない用のペンにも似ている。羽をかたどった装飾がほどこされ、見た目のわりに案外軽い。ペン先は万年筆の形をしているが、魔法具なのでインクを補充する必要はないらしい。

「そんなの～子どもでもぉ～描けるってぇ～♪」

のびやかなドクの歌声を合図に、クラス全員がいっせいに図形を描きはじめる。

「……まったく、しかたないわね」

否定的な態度を崩さなかったユズも、気乗りしない表情のままペンを持っている。

レモーネとミカーナはほっとしたように顔を見合わせ、ユズにつづいてペンを手に取った。

なんだかんだ言いながら、みんなが真剣に図形を描いている。そのようすを見て回っていたミナミ先生が、教卓に戻ってパンと手をたたいた。

「うんうん。みんな描けたみたいだね。でも、全員失格！　もう一度描きましょう」

「えぇ〜⁉」

生徒のほとんどが納得できない表情を浮かべたが、ミナミ先生は気にしない。

「まだダメ！」

「やり直し」

「ブッブー、だめだめ！」

幼い子どもでも描けそうな点と線と円を描きつづける生徒たちに、ダメだしをしつづけるミナミ先生。最初は意気込んでいた面々も、だんだんとうんざりした顔を見せはじめた。

「先生？　いったいこれの、なにがダメなんですか？」

もう限界と言わんばかりにユズが机をたたくと、それを合図にほかの生徒からも不満の声があがる。

「こんな授業で本当に魔法使いになれるのかよ」

「こんなんじゃ、学費払ってくれてる母ちゃんに申し訳ないな〜」

マイクとテツが大げさに嘆く姿を見て、ミナミ先生がやれやれと首を振る。

「はぁ。どうやらだれも、図形の本質をわかっていないみたいですね」

クラスを見回っていたミナミ先生はふたたび黒板前に立ち、チョークを手にする。

「みなさんは、そもそも図形がなぜ生まれたのかわかりますか？」

「図形が生まれた理由……？」

思ってもみないミナミ先生の問いかけに、クルミは思わず考えこむ。

「そんなの、どこにでも普通にあるじゃないですか」

マキの言葉に、テツがうんうんとうなずいた。

「線路や鉄道をつくるには、図形がぜったいに必要だからな」

「ホールケーキをつくるときや食材を切るときも、図形を使っていると言えるかも」

とサリィ。二人の言葉を聞いたミナミ先生は、嬉しそうに拍手をした。

「正解！　人間はもともと、生活のために図形を必要としました。古くは農地の測量や住居、ピラミッドづくりなどにも利用していましたね」

得意げに言うミナミ先生に、ユズがうんざりとした顔でたずねた。

「だから……それがどう魔法と関係あるっていうんですか？」

「まぁまぁ、あわてないで」

ミナミ先生がユズをなだめるように笑う。

「みんな、幾何学《きかがく》って言葉は知っていますよね？」

幾何学は、図形や空間などの性質について研究する学問だ。レットラン魔法学校でも、一般教養の授業で習う。

「幾何学とはもともと、『地を測る』……つまり、測量のことだったんですよ」

「まさかあの先生、俺たちにユークリッド幾何学を……？」

アスカがぽつりとつぶやく。図形や空間を直感的にとらえる最古の幾何学の理念を教えようとしているのなら、それこそ魔法にはまったく関係がないように思える。

「じゃあ、さっそく描いていくよ！」

アスカの疑わしげな視線に気づくことなく、ミナミ先生はそのまま授業を進めた。

「まずは点。点というのは、部分を持たないもの」

ミナミ先生が黒板に一つの点を記す。

「つづいて、線。線というのは幅のない長さで、線の端は点である。つまり直線とは、その上にある点について一様に横たわるもの」

ミナミ先生の意図がわからない生徒たちは、首をかしげる。クルミもぽかんとミナミ先生の描く点や線をながめるだけだったが、ミナミ先生が点と点をつなぎ線を描くと、はっとした表情で手をたたいた。

「点が直線になった！」

「次は円。円を頭でイメージしてみて？　一つの線に囲まれていますよね」

「たしかに」

クルミはわかったようなわからないような顔で、それでも素直にうんうんとうなずく。

「じゃ、円を描くよ。円を描くときにまず必要なのは、点！」

「点？」

円を描くときに点を意識したことは、一度もない。みんなが困惑しているが、ミナミ先生はクラス中の疑問を無視して、黒板に点を打ちはじめた。

「中心点から一定の距離に点を打っていくと……」

リズムよく点を打つ音が、教室に響く。ぐるりと点を打ち終えたミナミ先生がみんなを振り返ったそのとき、黒板上で点と点の間に光が走り、円へと姿を変えた。

「あ、円になった！」

「ホントだ」

クラス中が図形への興味を深めているにもかかわらず、ユズだけはあいかわらずうんざりとした顔でミナミ先生をにらみつけていた。

「こんな当たり前のことをなぜ今さら……？」

「ユズ様の言うとおりですぅ」

レモーネがユズに合いの手を入れる。

気づいたミナミ先生はじっとユズを見つめ、そして問いかけた。

「じゃあ、エーデルさんはさっき、今私が言ったことをイメージして描きましたか？」

「えっ……」

答えにつまるユズに、ミナミ先生はふふっとほほ笑む。

「これは、三角形や四角形、そのほかすべての図形にも言えることなの。そんなさまざまな図形を組み合わせてできたものが、魔法陣なんですよ」

描いた円の上にミナミ先生がチョークで三角・四角を足すと、線がキラキラと光って消えた。

目を輝かせるクルミとは対照的に、ユズは認めたくないとでもいうように黒板から目をそらす。

「火・風・土・水など、すべての自然要素は図形で表現できます」

「すべての自然物を図形で……？」


ミナミ先生の言葉を受けて、クルミの妄想が走りだす。

「雨が降って」宙に打たれた無数の点。それらがつながり雨となる。

「土から木が生えて」点と点が縦につながって木となる。

「風が吹いて」点と点が横につながって、今度は風となる。

「火が燃えさかる！」

点と点が自由につながって火になるようすがクルミの頭に浮かんだ。

それは昨日見たサラマンダーの炎のような形をしている。

「図形の根本を理解しないと、いつまでたっても魔法陣は描けません」

ミナミ先生の言葉に、クラス全員が集中している。きっとそれぞれの頭のなかで、点が自然要素に変化しているのだ。

「逆に、基本さえ押さえれば、無限の魔法陣を自らの手で生みだすことができます。そうなれば、あなたたちに使えない魔法はありません。想像がすべて、現実になっていくのです」

「想像がすべて、現実に！」

あいかわらず疑わしげな顔をしているアスカやユズをよそに、生徒たちは目を輝かせた。

クルミは、かつて自分が『おまじない』を楽しんでいたことを思いだす。おばあちゃんに教わったのは《頭のなかにあるイメージを紙に描く》ことだった。何度も聞いた、おばあちゃんの言葉を思い浮かべる。

『願いごとはね、頭のなかに置いとくだけじゃダメ。こうして、外にでるためのとおり道をつくってあげるんだよ。迷わずまっすぐでられるように、簡単でわかりやすい道をね』

ミナミ先生が話すことは、おばあちゃんのおまじないに近い気がした。頭のなかのイメージを、迷わずまっすぐ外にだしてあげること。だから、やみくもに図形を描くだけじゃだめなんだ――。

＊

それから何日も、魔法学の授業のたびに図形を描きつづけた。丸・四角・三角につづいて、平行四辺形・正五角形とすこしずつ複雑にはなっていたが……。

「さすがに飽きたよね」

「ミナミ先生の授業、つまらなすぎてしんどい」

ほとんどの生徒が、かわりばえのしない授業にうんざりしはじめていた。

くさる一組をあざ笑うかのように、マ組は今日も悠々とドローネの演習だ。

「ユズ様！　今日も飛んでるですぅ」

「まったく……私たちが丸だの三角だのってくだらないことをしているうちに、マ組はすっかりドローネを乗りこなしているのね」

ユズの言葉を聞いたクルミは、そっと深呼吸をした。着々と魔法使いへ近づいていくマ組生と、ただ図形を描くだけの自分の差をあらためて突きつけられ、息苦しくなったからだ。ポケットのなかにある手帳をそっと触る。

大丈夫。わたしはもっと、がんばれる。

手帳をなでながら心のなかで何度も唱え、不安な気持ちをどうにか抑えこもうとした。

「魔法陣は魔法手帳に付与されるものなのよ？　自分で描くなんて意味ないのよ」

しかし、つづくユズの言葉が容赦《ようしゃ》なくクルミをえぐる。

意味がないなんて思いたくはないけれど、ドローネで気持ちよさそうに空を飛ぶマ組生を見るたび、クルミのなかの疑心も大きくなっていく。こんな単純作業をくり返さずとも、魔法手帳さえあれば、入学から一ヶ月もたたずにドローネを操《あやつ》り空を飛べるのだ。

「ね、クルミ。いつまでこんな授業がつづくんだろう」

いつも明るく前向きなマキでさえ、うんざり顔でため息をついている。

「本当にね……」

丸や三角を描くだけの授業をつづけても、ああして自由に空を飛ぶイメージはわかない。

ミナミ先生は本当に、一組の生徒たちを魔法使いにするつもりがあるのだろうか。


しかし、ようやくその日、授業が進展した。

「今日はいよいよ外です！　みなさんには宝探しをしてもらいまぁす」

わっと教室がわく。図形を描くばかりの授業から逃れられるというだけで、みんな大喜びだ。

「この森のなかで、宝を探しましょう。見つけた人は、図形だけを使って見つけた位置を示す地図を描いてみてください」

意気揚々《いきようよう》と森へ来たものの、突然の指示にクラス全員が困惑した。

レットラン魔法学校にある森は、どこまでつづいているのかわからないほど広大だ。いったいどこを探せばいいのか、見当もつかない。

「では、スタート！」

ミナミ先生がはりきって号令をかけるも、だれも動きだせなかった。

「おいおいおい、いきなりスタートって言われても」

マイクが不満げに言う。

「ちょっと！　宝がなんなのかわからなければ探しようがないじゃない」

「ユズ様の言うとおりですぅ」

ユズが腕を組んだままミナミ先生をにらみつけたが、ミナミ先生は気にせず、むしろご機嫌なようすで森をさす。

「宝物は、自分で決めればいいのです。ユズさん、あなたも自分の宝物を見つけてね」

「私の、宝物……？」

「じゃ、みんなガンバっ！」

ミナミ先生はこれ以上話すことはないと言わんばかりに手を振る。

生徒たちはまだ納得できない顔をしていたが、これ以上聞いてもむだなことも学んでいる。一人、二人とあきらめたように森へ歩きはじめるのを見て、クルミとマキも出発することにした。

「自分の宝を探せって言われても……なにをどう探せばいいんだろう」

「で、そのありかを図形のみで地図にすると。あいかわらずミナミ先生の授業は、わけわかんないねぇ」

自分で宝物を決めていいのなら、その辺の石ころを宝と言ってしまえばそれで終わりだ。もちろん、ミナミ先生がそんな意図で課題をだしたのではないことはわかっている。なにを探しているのかもわからないまま、二人は森の奥深くへと進んでいった。

一方で、さっそく宝を見つけた者もいた。

「あ！　こんなところにオタマが」

「古い駅舎の看板だ！」

「年代物の録音機だなぁ」

「なんでここに楽譜が？」

サリィ・テツ・マイク・ドクが、それぞれの宝を持って嬉しそうに帰ってくる。

「先生、宝物見つけました」

「俺たちも！」

「よく見つけたね！　ではさっそく、地図を描いてみましょう」

四人は「はーい」と元気よく返事をしてペンを取りだし、地図を描きはじめた。

「大きな木の根元にあったから……長方形と三角で幹と枝と葉を描いてみよっかな」

「川岸ってことは、曲線かなぁ」

工夫しながら図形を組み合わせていくと、それなりに地図のようなものが見えてくる。作業に熱中する四人を、まだ森の入り口付近にいたユズは不機嫌そうにながめていた。

「あれのどこが宝物なのよ。ただのゴミ拾いじゃない」

「本当は私たちに、森のお掃除をさせているのかもですぅ」

ユズとレモーネが文句を言う隣で、ミカーナは近くの木でハンモックに揺られるアスカを見上げた。

「アスカもさっそく、授業放棄ね」

「そりゃそうよ。こんな授業やってられないもの」

「でも、お昼寝姿のアスカ君もかっこいいですぅ……」

頬を赤らめるレモーネを見て、ユズはやれやれとため息をつく。

「……とはいっても、そろそろ行こうかしらね」

さめた口調とは裏腹に、ユズがぐいっと腕まくりをした。その目にやる気が宿ったのを、ミカーナは見逃さない。

「行くのね?」

「えぇ。あの子たちが見つけたんだから、私だってなにか見つけられるはずよ。どうせやるなら、うちのクラスで一番の地図を描いてみせるわ」

楽しそうに地図を描く四人の姿が、ユズの負けず嫌いを刺激したのだ。前向きになったユズの姿に、ミカーナが安心したような笑みを浮かべた。

「さすが、ユズ様ですぅ！」

レモーネも嬉しそうにぴょんと飛びはねる。

「さ、行くわよ」

三人が連れ立って森の奥へと消えていくのを木陰からのぞいていたのは、いつかと同じ茶白の犬だ。「くぅーん」とひと鳴きした犬は、長い尻尾を揺らしながら森の奥へと歩きはじめた。

——まるで、三人を追うように。

＊

クルミとマキは、森の奥をさまよいつづけていた。

「じゃーんっ！　クルミだけに、宝物はクルミ！　なーんてね」

足元の木の実を拾い上げてポーズを決めたクルミだったが、あきれ顔のマキを見てすぐに放り投げる。

「うん、こんなことしてる場合じゃないよね」

宝物だと思えるものが見つからないのだ。マキは額の汗をぬぐい、周囲を見渡した。

「それにしても、ずいぶん奥まで来ちゃったな」

「すこし戻ろっか」

二人はうなずき合い、来た道を戻りはじめた。森といっても学校の敷地内にあるものだから、危険は感じない。だれかが定期的に整備しているのか、歩道に雑草はなく、迷う心配もなかった。

しかし、スタートからどれくらい時間がたったのかがわからない。薄暗い森のなかだから気づかなかったが、よく見れば陽もかたむきかけているようだ。もしかしたらとっくに授業が終わっている可能性すらある。

不安になったクルミがマキに声をかけようとしたそのとき――。

「キャーッ」

森の奥から悲鳴が聞こえた。

「え、今の声って」

クルミの言葉に、マキもうなずく。

「ユズだ」

二人は声のほうへと走りだした。方角的に、おそらく湖のあたりだろう。木々の合間に水面を見つけ、ほとりにでた。そこなら全体を見渡せると考えたからだ。

「いやぁっ！」

「ユズさまぁ～」

「全然……取れないっ……」

百メートルほど離れたあたりに、三人はいた。からだになにかが巻き付いている。その背後にある大木を見て、クルミは事態を察した。

三人をとらえているのは、樹齢三千年を超える森の主だ。幹回りは十五メートル、樹高二十メートルにもなる巨大な魔木《まぼく》である。

クルミは、学校パンフレットに記載されていた案内文の記憶を必死で掘り起こした。普段はほとんど眠っているが、なにかのきっかけで目覚めると、周囲の生命体に巻き付いて生命力を奪う——とあったはず。その「なにかのきっかけ」が、今起こったのだろう。

直径十センチ以上もある太い根を蛇のようにくねらせ、ゆっくりとユズたちを締め上げていく。木の根元あたりから、紫色の煙のようなものが噴きだしているのが見えた。

「これ、だいぶやばくない？」

恐怖はあるが、じっくり考えている余裕もない。

「マキ、とりあえず根をはがそう！」

二人は意を決して木にかけ寄り、一番低いところにいたユズから根を引きはがそうと試みた。

二人がかりならなんとか……と思ったのだが。

「だめだ、硬すぎる。マキお願い、ミナミ先生を呼んできて」

「わかった！」

走りだしたマキの背中を見送り、クルミはあらためて大木を見上げる。はがせないなら、根を切るしかない。

「この石でなんとか」

クルミは近くに落ちていた石を根に打ちつける。しかし切れるどころか、傷ついたところから乾いて固まり、さらにユズたちを締めつけてしまう。

「うっ……痛い……」

「息が……」

さらに苦しむ三人を見て、クルミはあわてて石を捨てた。物理では歯がたたない。

そのときクルミの脳裏に、サラマンダーと対峙するミナミ先生の姿が浮かんだ。

「魔法なら……？」

『火・風・土・水など、すべての自然要素は図形で表現できます』

最初の授業で聞いたミナミ先生の言葉が鮮明によみがえる。

「そうだ、あのときのミナミ先生みたいに、魔法陣を描いてみたら――」

クルミはポケットから魔法ペンと緑色の手帳を取りだし、一つ深呼吸をしてから最初のページに点を打った。

「まずは、乾燥を止めたい。元に戻すには水が必要だ」

水滴を想像しながら点を打っていく。

「雨は天から降ってきて、それが水たまりになって川になり……」

点と点がつながり線が生まれ、雨になる。

いくつもの線がつながると、水たまりの円となる。

その円が流れて、今度は川となり――。

つぶやきながら図形を描いていくクルミの周りに、いつの間にか、木の根元から噴きだしていた紫色の煙が集まっていた。

しかし、集中しているクルミは気づかない。

「これらを円でくるむ。円は、中心点から一定の距離に点を打つ」

ミナミ先生の描いていた円を思い浮かべながら点を打ち終えると、線を引くよりも早くすべての点がつながり、円となって輝く。

その瞬間、細胞が沸き立つような不思議な感覚が体内をかけ巡った。

周囲の空気がクルミを中心にうずまき、ピリピリと肌を刺激する。足元がじわりと熱くなり、その熱が一気にからだ中に広がる。視界がパチパチとはじけ、まるで星がまたたいているみたいだ。

――なにこれ。

はじめて味わうその感覚に動揺した一瞬、クルミの集中がとぎれた。

「あっ……」

光の円が消える。クルミを取り囲んでいた紫色の煙も、地を這うように離れていく。

「どうしよう」

クルミは手帳を手に、大木を見上げた。ユズたちの顔色がすこしずつ白くなっていく。なんとかもう一度、魔法陣にチャレンジしたいのに、からだに力が入らない。

「クルミー！　先生呼んできたよっ」

ちょうどそのとき、マキが戻ってきた。うしろにはミナミ先生もいる。

クルミは声をだせずにいたが、ミナミ先生の姿を見て泣きそうなくらい安心した。

よかった。もう、大丈夫だ。

へなへなと座りこむクルミを見たミナミ先生が「がんばったね」と笑う。

「あとは先生に任せて！」

ミナミ先生は魔法ペンを取りだしステッキへと変化させ、空中にすばやく魔法陣を描いた。ふわりと浮かんだ魔法陣が大木へ吸いこまれると、みずみずしく復活した根がゆるみ、ユズたちを解放する。

「大丈夫？」

地面に倒れこんだ三人にかけ寄ったマキが、一人ずつ声をかけていく。

クルミはまだ動けなかったが、マキの言葉に反応する三人を見てほっと息を吐いた。

「ありがとう、マキ。それより今……」

ユズは座りこんだままミナミ先生を見つめる。今度こそ疑いようがない。やはりどう見ても、まちがいなく、魔法陣を手描きしていた。本当に、魔法手帳がなくても魔法が……？

三人の無事を確認したミナミ先生が、クルミのもとへ歩いてくる。

「ミライさん、大丈夫？」

「えっ、あ、わたし今……」

クルミはミナミ先生の手を取り立ち上がろうとするが、うまく力が入らない。そんなクルミのようすを見て、ミナミ先生がふふっと笑った。

「まだまだだけど、その感覚を覚えておいてね」

ミナミ先生は開かれたままの手帳を手に取り、クルミが描いたできそこないの魔法陣を優しくなでた。

その満足げな顔を見て、クルミは確信した。さっきの光はまちがいなく、魔法だったのだ。魔法手帳を持たない自分が、魔法を――。

そんな六人のようすをマ組のキョウ＝クルマルが空から見ていることには、だれも気づかなかった。ミナミ先生が到着したタイミングで偶然とおりかかったのだ。

「あの先生、やはり……」

魔法手帳を使わずに魔法を操る――先日のサラマンダー討伐につづいてその姿を目にしたキョウは、物憂《ものう》げな顔でミナミ先生を見下ろし、そっとその場を離れた。

＊

結局宝物を見つけたのは、最初の四人だけだった。

それでもミナミ先生は「上出来、上出来！」と生徒たちをたたえ、そのまま授業を終えた。

ユズ・レモーネ・ミカーナの三人は念のため保健室へ連れていかれたが、軽いすり傷程度で済んだらしい。

森でのことを整理できないままのクルミは、ほとんど夕食も食べず、はやばやとベッドにもぐりこんだ。マキは談話室でほかのクラスの友だちとしゃべってから戻ると言っていた。きっと、マジックス時代の知り合いがたくさんいるのだろう。

ひさしぶりに一人きりになったクルミは、森で味わったあの感覚を思い返していた。自分の描いた図形が魔法陣となり、光をはなったときの不思議な感覚。まだ魔法の種ですらない小さなものだけれど、まちがいなく、自分自身がなにかを起こそうとしたのだ。

「ぜったいに、魔法使いになる――」

そうつぶやくと、頭のなかがクリアになっていく気がした。枕の下にはさんでいた緑色の手帳を取りだし、最初のページを開く。この手帳になにかを書こうと思ったことは、今まで一度もない。そんな発想もなかった。しかしあのとき、クルミは迷うことなくこの手帳を開いた。普通科の赤い手帳ではなく、魔法使いさんから預かった、この緑色の手帳を。

「なれる。わたしなら、なれる、なれる」

もう一度つぶやく。はじめて描いたできそこないの魔法陣の横に、小さな星を描いた。

コペルン彗星を見せてくれたあの日の魔法使いさんのように、きっとわたしもなってみせる。

＊

クルミが魔法使いへの思いを深めていたころ、夜の森では怪しげな二人組がうろうろと歩いていた。

湖のほとりにたどり着くと、手にしていたダウジングの針が小さく揺れはじめる。森の主である大木の下まで来たところで、両手の針は横一直線まで開き、そのまま固まった。

「やっぱり！　魔素《まそ》は根元からでていたようね」

眼鏡をかけたツインテールの女子生徒が、得意げな顔で大木の根を見下ろす。

「おお、世界の民よ！　世界はじきに魔人に征服される！」

隣の男子生徒が、芝居がかった仕草で天を仰いだ。その声に答えるかのように、一羽のメンフクロウが飛んでくる。フクロウは「ホッホー」と鳴いて、女子生徒の頭の上に降り立った。

「やぁ、風太《ふうた》。キミも見たわよね？」

女子生徒が嬉しそうにダウジングの針を掲げる。風太と呼ばれたフクロウは興味があるのかないのか、目を細めて首をかしげ、もう一度「ホッホー」と鳴いた。

#03 わたし、マ研に入部します！

クルミには、時間を忘れて物事に没頭してしまうくせがある。家ではおばあちゃんがフォローしてくれたが、寮生活ではそういうわけにもいかない。そこでクルミは、生活の時間割を決めることにした。

朝は六時に起き、小テストの勉強をする。
六時半から朝食をとり、その後は部屋の掃除とベッドメイキング。
身支度に時間のかかるマキを待ちながら、もう一度小テストの勉強をする。
八時十分までに寮をでる。
学校が終わったらまっすぐ寮へ帰り、まずはその日の宿題をする。
夕食後は、復習と予習を二時間以上する。

これが、入学から一ヶ月かけて定着させたルーティンである。無理なくこなせている毎日に、クルミは満足していた。

だから、すっかり忘れていた。

「クルミは、なんの部活にするの？」

「え？」

「だから、今日の部活紹介」

はて、と首をかしげる。

そういえば昨日のホームルームでも、話があったような……。

「あっ……忘れてた」

「嘘でしょ」

言われてみればたしかに、入学案内にも記載があった。レットランでは多様な人間性を育むため、部活あるいは同好会への参加を義務づけていると。

「先輩たち、今日は準備のために早くから学校に行ってるよ」

「あぁ、それで」

今朝の食堂は空《す》いている。クルミも人がすくないことには気づいていたが、すぐに座れてラッキーだとしか思わなかった。

「もー、クルミは魔法と勉強以外に興味がなさすぎる」

「そっ、そんなことないよ？　中学のころよりは……」

これまでのクルミは、部活も人間関係も、勉強のさまたげになるものをすべて避けてきた。そのころにくらべれば、こうして友人と交流できているだけで上出来である。

「ねぇ、みんなだって、もう決まってるでしょ？」

マキが隣のテーブルに声をかけると、

「俺はもちろん、オペラ同好会さ～♪」

「当然、鉄道研究会！」

「俺は報道部一択だな」

ドク・テツ・マイクから力のこもった返事が返ってくる。マキがクルミを見て「ほらね？」と笑った。

「ちなみに鉄壁の一位、クルミ＝ミライさんはどこへ？」

マイクにたずねられても、部活のことが完全に頭から抜けていたクルミには答えようがない。

「え？　わたし？　わたしはなにも……マキは？」

「ダンス部に決まってるじゃない。クルミは本当に、候補の一つもないの？」

「だってそもそも、なんの部活があるかも知らない」

興味が向かないことにはとことん無関心。それがクルミなのである。

「てっきりクルミは、魔研《まけん》に入るんだと思ってたけどな」

「マケン？」

「魔術研究部。魔術の実践や、魔法の研究をしてるんだって。いろんなところに勧誘チラシが貼ってあるから、あとで見てみなよ」

クルミのなかでパチッとピースのはまる音がした。魔法の研究に没頭する自分が、ありありと浮かんでくる。

「それだ！　わたしそれにする！」

ミナミ先生の魔法授業はあいかわらず要領を得ないが、図形を描く力だけはずいぶん身についた。今では、定規やコンパスを使うのと変わらないくらい、キレイな線を引ける。

魔術研究部で新たな魔法陣を開発するのはどうだろう。それが魔法手帳に採用されれば、クルミの夢により近づけるかもしれない。

「……でも、魔研って」

マイクがなにか言いかけたが、クルミは気にせず立ち上がった。

「決めた！　わたしは魔研に入って、魔法使いじゃないのに魔法陣を描けちゃうスーパールーキーになる！」

クルミの宣言に、マキだけでなくテツやドクまで拍手をする。

なにか気がかりがありそうな顔をしていたマイクだったが、「実現すればスクープだな……」とつぶやき、含んだ笑みを浮かべながら拍手に加わった。

一方、そんな希望あふれる新入生たちを、食堂入り口から品定めするように見つめる怪しげな二人組がいた。そのうち一人が、クルミを見て満足そうにうなずく。

「……ふふ、いい一年生が入ったようね」

「ロックオン！　扉は開かれた」

もう一人が、芝居がかった仕草でクルミをさす。

「部活紹介のあとが楽しみね」

二人は顔を見合わせ、意味ありげにニヤリと笑った。

＊

部活紹介は、午後の授業時間を使っておこなわれた。

入学式以来の講堂に、あのときよりもだいぶリラックスした表情の新入生たちが座っている。

席順の決まりもないため、クルミとマキは一段高くなった右側の席に座ることにした。

「ここからだと、全体がよく見えるね」

「ホントだ。あらためて見ると、天井もキレイ」

マキの言葉に、上を見上げる。高い天井一面に、夜空を模したモザイクアートがほどこされていた。紺色の夜空に、星形シャンデリアがよく映えている。

——この内装を図形で表すなら、どんな組み合わせだろう。

クルミの頭にたくさんの図形が浮かんでは消えていく。

森での一件以来、クルミは毎日図形を描きつづけていた。図形の練習をしていれば、魔法を発動しかけたあの感覚を忘れずにいられる気がするからだ。

最近は、目に映ったものを図形だけで表現する練習もしている。たとえば普通科寮なら四角と線を重ね、魔法科寮は曲線と円を重ねて――。そんなことを考えながら見る景色は、これまでとは全然ちがうものに見えた。

「いつか、旧講堂にも入ってみたいな」

現在使われている講堂はあとからできたもので、以前使われていた講堂は、三百年以上も前に建てられたものらしい。

「クルミは、建築とか好きなんだっけ？」

「建築というか……魔法学で図形の練習をしはじめたら、いろんなものの形が気になるようになってきて」

二人の会話が聞こえていたのか、前列に座っていたマイクがクルミを振り返った。

「さすが！　鉄壁の一位は気合がちがうな」

ならんで座っていたテツもニヤリと笑う。

「あんな落書きに意味を見出すとは」

「え……」

クルミにとって図形は、魔法につながる大切なピースだ。志《こころざし》が同じだったはずのクラスメイトに「落書き」と言われてしまうのは、正直かなしい。

落ちこみかけたクルミだったが、それよりも早くドクが反応した。

「おい、テツ。その言い方はよくないな」

「そうだぞ。それを言ったらお前が毎日描いてる妄想路線図だって、しょうもないってことになるじゃないか」

「だいたい、図形に意味を見出すことが魔法陣を描くための第一歩だって、ミナミ先生に教わったでしょう?」

マイクとマキまでテツに怒っている。

「え?　いや、バカにしたつもりはなくて」

三人から注意を受けたテツが、あわてたようにクルミを見る。

「俺にとっては、ただの丸や四角なのに、ミライさんにとっては建物のパーツに見えたりするんだなってことが……」

「それを言ったら、路線図だって俺にはただの線にしか見えないよ」

マイクの言葉に、テツが「ああ、たしかに」と笑った。

「イヤな言い方して、ごめん」

素直に頭を下げるテツを、クルミは新鮮な気持ちで見つめた。がり勉をからかわれたことなんて、何度もある。むだな努力だと陰口をたたかれたこともある。なりふり構わないクルミの努力は、いつだって嘲笑《ちようしよう》の的だった。

でも、ここではちがうんだ――。

「大丈夫だよ」

にこりとほほ笑んだクルミに、テツがほっとした顔をする。

「そもそも、図形を描いてる量は、路線図を描きまくってるテツ君のほうが多いんじゃない？」

「それは、そう」

テツが誇らしげに胸を張る。テツもみんなも、夢のためにがむしゃらな自分を恥じていない。

むしろ、がむしゃらにがんばった日々があるからここにいる。

夢にあふれる個性的なクラスメイトと接するうちに、クルミはようやく、普通科も悪くないと思いはじめていた。


「ほら、はじまるよ」

マキの声で、前の三人が座り直す。クルミは灯りの消えた天井を見上げた。モザイクがほんのりと浮かび上がり、まるで本当の夜が来たみたいだ。

「みなさん、こんにちは」

真っ暗な舞台に光が差し、司会のソフィア＝スワンが照らされる。

「ただ今より、部活紹介をはじめます。まずは、運動部からです」

一番手はクリケット部だ。部員によるルール説明や実演があり、クリケットを知らないクルミでも興味深く聞くことができた。その後も、キンボール・ペタンク・ペサパッロ・カバディと、聞いたこともないめずらしい競技がつづいていく。

「スポーツって、いろんなものがあるんだね」

「クルミの中学には、どんな部活があったの？」

「それが、中学のときも部活には全然興味がなくて……」

ごまかすように笑うクルミに、マキはあきれた顔をした。

「本当に、勉強ひと筋だったんだね。そりゃみんな、模試で勝てるわけないわ……」

マキに言われなければ、中学時代の部活に考えを巡らせることもなかっただろう。勉強しか誇れるものがない自分が、すこし恥ずかしい。

「つづいては、ダンス部です」

「きた！」

身を乗りだしたマキの目が、期待いっぱいに輝いた。

タンタンタンとキレのいい音が鳴る。それを合図に、ジャージ姿のダンス部員が二十名ほどおどりでてきた。バレエやジャズダンス、なかにはアクロバットのような動きをしている人もいる。

ジャンルはさまざまだが、共通しているのは、全員が手にタンバリンを持っていることだ。

タンタンパシーンと、キレイにそろった打音が鳴り響く。音楽や合図があるわけでもないのに、タイミングがまったくぶれない。

「全員バラバラにおどっているのに……ちゃんと同じテンポで拍を取ってるんだ」

マキが感激したようにつぶやいている。

「これまで幅広いジャンルのダンスに挑戦してきた私たちですが、今年はタンバリンダンスにチャレンジします！」

代表の生徒がそう言うと、全員が腰でタンバリンを鳴らした。そのタイミングまでぴったりだ。

「これからも私たちは、ジャンルにとらわれない新たなダンススタイルを生みだしていきます。ぜひ新生タンバリンダンス部へ！」

最後は全員でポーズを決め、タンバリンを鳴らしながら軽やかに去っていった。

「普通のダンス部じゃなくなっちゃったみたいだね」

クルミがすこし気を遣いながら隣を見ると、先ほどよりさらに目を輝かせたマキが、嬉しそうにうなずいた。

「さすが、レットラン！　個性的で最高！」

クルミには奇抜に見えたタンバリンダンスも、経験者にしかわからない技術や魅力がつまっているらしい。

特にマキは、伝統と格式で群を抜く宮廷舞踏団の娘だ。個性的で自由なダンスにこそ、より憧れがわくのかもしれない。興奮するマキの姿をながめていたクルミは、一人でそう納得した。

ダンス部のあとはしばらく文化部がつづいた。吹奏楽部や合唱部は見応えがあったが、それ以外は淡々と活動内容を紹介するだけで終わっていく。午後ということもあり、講堂全体にまったりとした空気が流れていた。ダンス部を見て満足したマキは、こくりこくりと居眠りしている。

そんなマキを見てクルミもあくびをしかけたそのとき、眠気を断ち切る凛《りん》とした声が響いた。

「みなさん、お待たせいたしました。ラストを飾るのは、『ドローネアクロバット部』と『魔術研究部』による夢のコラボレーションです！」

講堂内の空気が一気に変わった。それまで眠そうにしていた生徒も目を輝かせ、全員が身を乗りだす。報道部の腕章をつけた生徒たちが、カメラを手に舞台前に集まった。クルミも目を輝かせ「きたぁっ！」と手をたたく。

「魔術研究部部長、トラン＝アマサです」

氷の会長は、魔術研究部の部長も務めているらしい。舞台中央に立ったトランが会場を見渡すと、あらゆる場所で歓声があがった。入学式のときよりも、人気が増している。

「私たちが総力をあげてつくりあげたショーを、ぜひお楽しみください」

その声を合図に、ドローネに乗った部員がトランの周囲に集まる。ホバリングした部員がお辞儀をすると同時に、ドローネの底から魔法陣が広がった。

「うわぁ……」

講堂いっぱいに浮かび上がった光の道を、ドローネが滑走していく。交差し絡み合い、ときには回転まで組み合わせて自在にドローネを繰る姿に、クルミは釘づけになった。

「ドラゴン、起動！」

舞台に整列した魔術研究部員が、トランの号令でいっせいに魔法陣を展開させる。

ドラゴンが生まれるのかと思いきや、出現したのは真っ白な雲だった。入道雲のような密度で天井をおおい、飛び交っていたドローネ隊を飲みこんでいく。

ここからどうなるのかと会場中が固唾《かたず》をのんで見守るなか、雲のなかを稲妻が走った。一瞬映ったのは、尾の長い巨大なかげ。そのかげがぐるりと回転し、雲を突き破る。

現れたのは、虹色のうろこを煌めかせたドラゴンだ。しかし、その姿は透けており、実体がない。ホログラムである。

ドラゴンが飛びだすと同時に雲が晴れ、ドローネ隊とドラゴンが入り乱れるように飛びはじめた。ぶつかれば命の危険もありそうなスピードだ。ホログラムが相手だから心配する必要はないと、頭ではわかっている。それでも、全員が手を握りしめ、祈るように見上げていた。

「ウンディーネ、起動！」

トランの隣に進みでたソフィアが、手帳を掲げる。新入生歓迎セレモニーでも見たウンディーネが、今度はホログラムで出現し、美しく舞い上がった。

「ドラゴンの滝のぼりだ……」

それはあまりにも美しい光景だった。ウンディーネが金色に輝く滝へと変わり、そのなかをドラゴンが優雅にのぼっていく。ドラゴンがその身をうねらせるたびに、虹色のうろこ一枚一枚が色とりどりの光をはなった。クルミは思わず手をのばす。

「わたしも魔法陣を描けるようになったら、あんなことができるのかな」

想像がどんどんふくらんでいく。

魔法手帳を使わず、自由に魔法陣を描く自分。ドラゴンやウンディーネを、手帳なしで自在に操る自分。

本当にそんな未来があるのだろうか――。

「以上をもちまして、部活紹介を終了します」

夢中になっているうちに、ドラゴンも滝も消え去っていた。ドローネアクロバット部員たちが、天井壁画の前に整列している。その顔はすがすがしい達成感に満ちており、クルミはうらやましさでちりっと胸が痛むのを感じた。

「すごかったねぇ！」

興奮ではしゃぎながら講堂をでると、いつも静かな講堂前広場に、大勢の生徒が集まっていた。人混みから突きだしたのぼりには、『来たれ！クリケット部』『歓迎 キンボール部』などさまざまな部活名が書かれている。先を行く新入生が、もみくちゃにされながらチラシを押しつけられているのが見えた。

「ねぇ、あんな部活あったっけ？」

部活紹介で見かけなかった名前に気づいたクルミが、マキにたずねる。

「同好会だよ。部活に昇格しないと、部活紹介にはでられないんだって」

「へぇ……マキって、学校のことくわしいよね」

「マジックスだときょうだいがレットラン生って子も多いから、自然とね」

一歩進むごとにチラシが腕に押しこまれていく。そのなかには、鉄道研究会やオペラ同好会もあった。どちらも部活紹介には参加できていない。テツやドクのように熱意ある新入生は、きっと喜ばれるだろう。

「それにしても、すごい量……」

足元はすでに、生徒の腕からこぼれ落ちたチラシで埋めつくされている。クルミとマキも、持ちきれないほどのチラシを抱えていた。

「あ！　ダンス部！」

中庭中央の噴水あたりに、ピンク色ののぼりを見つけた。黄色い文字で『新生タンバリンダンス部』と大きく書かれている。それを見たマキが、大量のチラシを抱えたままぴょんぴょんと飛びはねた。

「私、入部手続きしてくる！」

「いってらっしゃい」

嬉しそうに人波をかき分けていくマキを見送り、クルミもお目当てののぼりを探す。

しかし、魔術研究部の名はどこにもない。

「もしかして、部活棟かな」

魔術研究部クラスともなれば、こんな密集地でわざわざチラシ配りなどしないのだろう。

入部期限は今日から一週間。焦る必要はないが、クルミはこの感動が消えないうちに、早く入部しておきたかった。

広場をでて校舎をとおり抜けると、道が三つにわかれる。校内地図を思い浮かべながら右へ進んでいくと、真っ白な三階建ての部活棟が見えてきた。

玄関には大きなプレートが掲げられており、ここに部室を持つ三十の団体名が記されている。

正式な部活である報道部やダンス部はもちろん、鉄道研究会の名前もあった。しかし、オペラ同好会はない。ここに入れない団体は、ほかにもたくさんあるのだろう。

魔術研究部の名前を三階に見つけたクルミは、さっそく螺旋《らせん》階段をのぼりはじめる。

「ここだけ、立派……」

部室はすぐにわかった。シンプルな片手ドアがならぶなか、魔術研究部の扉だけが両開きの壮《そう》麗《れい》なつくりをしていたからだ。扉の上には《魔術研究部》と書かれた金色のプレートがはめこまれており、ほかの部活とは異なる厳かな空気を感じる。その雰囲気にすこし気圧されながらも、クルミは勇気をだして扉をノックした。

「すみませーん……」

返事はないが、扉がほんのすこし空いている。そのすき間をそっと押し広げ、薄暗い部室をのぞきこんだ。

室内は思ったほど広くないが、梁《はり》がむきだしになった天井は高く、広さ以上の開放感がある。部屋の奥には暖炉があり、その前には入り口に背を向けるように置かれた一人掛けの大きなソファがあった。脇にある重厚な机には、魔法具らしきものがいくつもならんでいる。壁一面の棚にも、本や魔法具が所狭しと押しこめられており、整理されているとは言いがたいが、それが逆に研究室っぽくていい。

「なにか?」

ノックへの返事はなかったが、どうやら人はいたようだ。一人掛けのソファから立ち上がったのは、一年マ組担任のノーザン先生だった。

「あの、顧問の先生でしょうか?」

ノーザン先生が不思議そうな顔でうなずく。

その手に抱かれているナピバテが、クルミに向かってキッと歯をむきだした。

「愛子《あいこ》、落ち着きなさい」

ノーザン先生が優しく眉間《みけん》をなでると、愛子と呼ばれたカピバラは気持ちよさそうに目を細める。ずいぶんなついているようだ。

「一年一組の、クルミ＝ミライです。入部手続きに来ました」

失礼のないようにと深めのお辞儀をする。しかし、なかなか返事が返ってこない。

そろりと顔をあげると、クルミを見下ろす無感情なグレーの瞳と目が合った。

「無理ですね」

「え？」

「ここは、マ組生しか受け入れていない」

「でも、さっきの部活紹介では、そんなことひと言も……」

驚いたクルミがすがるように言うが、ノーザン先生はため息とともに首を振る。

「いちいち説明せずとも、わかることでしょう。魔術研究部もドローネアクロバット部も、魔法手帳が必要です」

「そんな……」

ショックのあまり固まるクルミに、ノーザン先生はいぶかしげな顔で首をかしげた。

「しかしきみ、魔術研究部を志すくらいならどうして……」

「え？」

今度はクルミが首をかしげる番だ。黙ってつづきを待ったが、言葉を切ったノーザン先生はそのまま話すのをやめてしまった。

「……過ぎたことを聞いてもむだだな。私はなによりもむだが嫌いでね。とにかくここに、きみのための席はありません」

追いだされるように部室をでたクルミは、そのままふらふらと講堂前広場へ戻った。先ほどまでのにぎわいが嘘のように、だれもいない。

中央の噴水が、涼しげな水音をたてている。あれほど散乱していたチラシは、一枚も残さずきれいに片付けられていた。

「わたしだって、自分の力で魔法陣を描けるかもしれないのに」

威圧的な視線にのまれて言えなかった言葉が、ようやく口からこぼれる。クルミにはまだ、魔法陣を発動しかけたときの感覚がはっきりと残っている。からだ中の細胞がいっせいに沸き立つような、あの感覚。あれはぜったいに、嘘じゃないのに。

「はぁ」

ジェットコースターのような感情の波に疲れ、ベンチに座りこんだ。夢を抱いた分だけ、ショックが大きい。

これからどうしよう……とうつむいたクルミの頭上に、ふと、かげが落ちた。

「お姉ちゃん、落ちこんでるの？」

はっと顔をあげる。そこには、見たことのない少年がいた。

色素の薄いやわらかそうな髪が、さらさらと風に揺れている。エメラルドグリーンの瞳にじっと見つめられ、視線をそらすことができない。

セーラーカラーのついた淡いグレーの服は、どこかの制服のようにも見えるが、クルミの記憶にはない。短パンからすらりとのびた足に合わせた黒いハイソックスが、幼さを主張している。

「こんにちは」

目を合わせたまま、少年がゆっくりとほほ笑む。あまりにもまっすぐな視線に、そのまま吸いこまれてしまいそうだ。はじめて見る少年なのに、どこか懐かしい気もしてしまうのは、なぜだろう。

「こ、こんにちは」

「魔術研究部に入れなかったのが、そんなにショック？」

突然言い当てられて、どきりとする。

「なんで知ってるの？」

「お姉ちゃんには興味があるからね。歓迎セレモニーのときも、丸腰でサラマンダーに立ち向かおうとしてたでしょ」

クルミはますますびっくりする。見た感じは、ミナミ先生と同じ十歳前後に見える。ここにいるということは、学校あるいは魔法使いの関係者なのだろう。

「僕、お姉ちゃんには可能性があると思うんだ」

「なんの？」

疑問はたくさんあるのに、不思議なまなざしに見つめられるとうまく言葉がでてこない。とぎれとぎれの単語で精いっぱいだ。

「森で発動しかけたときは、僕、びっくりしちゃった。あの人の真意はわからないけど……でも僕も、お姉ちゃんなら正しい魔法使いになれると思うよ」

「正しい、魔法使い？」

「そう。まがい物に主導権を握られない、本物の魔法使いにね」

「え？」

まがい物と口にしたときの強い口調にたじろぎ、思わずまばたきをする。クルミの視界が閉じたのは、一秒にも満たないほんの一瞬。

——にもかかわらず、少年は消えていた。

あわてて立ち上がりあたりを見回すが、しんと静まった広場にはあいかわらずだれもいない。聞こえるのは、草木が風にそよぐ音と、噴水のせせらぎだけ。

ぽかんとするクルミの前で、生垣が揺れた。

「なんだ、犬か……」

少年が戻ったのかとのぞきこんだが、茂みからでてきたのは、茶色と白の毛足の長い犬だった。

それほど大きくはない。

茶白の犬はそのままこちらを見ることなく、校舎へと歩き去っていった。混乱したままのクルミは、小さくなっていく長い尻尾を、立ちつくして見つめることしかできない。

夢でも見ていたのだろうか。気づかないうちに、うたた寝していたのかもしれない。

……少年の声も、姿も、すべて鮮明に思いだせるのに？

クルミは、今あったできごとを整理しようと必死で反芻《はんすう》していたが、突然降ってきた強引な勧誘に思考を断ち切られてしまった。

「見つけたぞ！　期待の一年生！」

突然、部活勧誘のチラシが差しだされる。とっさのことに言葉がでず、目の前のチラシを凝視した。渡された黄色の紙には、黒で大きく『マジック研究会　活動場所：図書館　活動日時：不定期』と書かれている。

「ようこそ、マ研へ！」

「……は？」

マケンという言葉で、クルミはようやくわれに返った。

分厚い眼鏡をかけたツインテールの女子生徒が、目の前で仁王立ちしている。胸元の黄色いリボンにあるラインは、紺色。普通科の二年生だ。

「あなた、マ研に興味があるんでしょう？」

「でもわたし、マ組じゃないんで……」

あはは、と女子生徒が笑った。眼鏡の奥の小さな目が、いたずらっぽく細められる。

「それは、魔術研究部の話でしょ？　うちは、マジック研究会だから問題なし！」

「はぁ」

あいかわらず、思考が追いつかない。

そもそも、マ研という呼び名に惹かれたから入部したかったわけではない。魔術を研究したいから入りたかったのだ——そう言いたいのに、言葉がでてこない。

「世界の民よ、備えよ！　この世はじきに魔人に征服される」

「ホッホー」

女子生徒のうしろに立つカーリーヘアの男子生徒が、大げさに両手をあげ叫んだ。

その頭には、真っ白いメンフクロウを乗せている。

「さぁ、部室へ案内するわ！」

「え？」

突然現れた二人組に両側から腕をとられたクルミは、そのまま強引に中庭から連れだされてしまった。

＊

「さぁさぁ、こちらへ」

連れてこられたのは、講堂から二〜三分歩いた場所に建つ図書館棟だ。

本好きなクルミだが、図書館を目にするのはこれがはじめてである。教室にも寮の談話室にも大量の蔵書があるため、利用の機会がなかったのだ。

図書館棟は、小さなお城のようにかわいらしい建物だった。きっと、何度も増設したのだろう。さまざまな色調の塔がつけ足されるように連なっている。クルミは、昔読んだ絵本にでてきたお姫様のお城を思いだした。色も雰囲気もそっくりだ。もしかしたら作者は、レットランの卒業生なのかもしれない。

内装もまた、とてもかわいいつくりをしていた。クリーム色の壁にカラフルなタイルが装飾されていて、全体的にとても明るい。本棚が光をさえぎらないよう、工夫がこらされている。

「なんだか、メルヘンな図書館ですね！」

「図書館らしくなくて、いいよね」

長いツインテールを揺らしながら、女子生徒が満足そうにうなずいた。

「でもね、うちの部室はこっち」

一階を素通りして二階へあがると、きれいにならんだ長方形の本棚のなかに、一つだけアーチ形の棚があった。その上には「マ研」と書かれた木の札がぶら下がっている。

カーリーヘアの男子生徒がいくつかの本をならべ替えると、ゴゴゴ……と地響きがして、本棚が横へとずれた。

「さぁ、世界の闇を暴くのだ！」

男子生徒が大げさに両腕を広げる。

「わかりやすく訳すと、ようこそマ研へってとこかな」

女子生徒が苦笑しながら、クルミをなかへとうながす。

「図書館に、こんな隠し部屋が」

明るくきれいな図書館内とはうってかわり、なかは灰色の石壁に囲まれていた。

「ここ、禁書倉庫なんだ」

「禁書……そんな場所も、部室にできるんですね」

「正式な許可は得てないけどね」

先輩が奥にある木の扉を開く。すると、また景色が変わった。

「禁書っていったって、ほとんどただの古本よ。これを全部整理するって約束で、司書さんには目をつむってもらってるの」

本棚に収まりきらない古びた本が、部屋のあらゆる場所に積み上げられている。暗かったのは入り口だけで、奥の部屋には大きな窓があり、陽差しを背に机や椅子も置かれていた。明るいのにほどよく閉鎖的で、正直、とても居心地がよさそうだ。

「では、あらためて。私はマジック研究会部長のソーラ＝ノルト。こっちは副部長のアオイ＝ユンデル」

「研究会なのに、部長なんですか？　会長じゃなくて？」

素朴な疑問を口にすると、二人がそろって顔をゆがめた。

「キミ、いきなりいやなとこつくねぇ。これは同好会の伝統的な願掛けだよ。いつか部になりたいっていう願いをこめてるんだから」

「……すみません」

「ほかの同好会の前では、ぜったいに言わないほうがいいよ」

素直に謝ったクルミに機嫌を直し、ソーラ部長が椅子をすすめてくれた。

三人で輪になったところで、あらためて自己紹介をする。

「一年一組のクルミ＝ミライです。あの、でもわたし、マジックに興味は……」

入部を断ろうとしたクルミを、部長があわててさえぎる。

「キミもきっと、マ組志望だったんでしょ？」

突然の質問に面食らう。「キミも」ということは。

「私たちも、一緒。魔法使いになりそこねた組だよ」

「そうだったんですね！」

うさんくさい二人なのに、同じ境遇だと知っただけで親近感がわいてしまう。

「そして、あきらめきれなくて魔術研究部のドアをたたいたけれど、断られた」

「未来の道は閉ざされた！」

アオイ副部長の芝居がかった言葉に、クルミも思わず「はい、閉ざされました」とつづける。

「それでもあきらめきれなかった私は、普通科生として魔法の研究をしようと、部長会に掛けあった」

「すごい！」

入学したばかりの新入生が部長会に掛けあうなんて、相当な勇気が必要だっただろう。魔法への熱量ならだれにも負けない自信があるクルミですら、そこまでしようとは思わなかった。

「でも結局、認められなくてね。魔術研究部と内容が重複する上に、設立目的が不明瞭だからって」

心底残念そうな顔をした部長に、心が揺れる。魔法をあきらめきれない気持ちは、痛いほどよくわかる。

「だから私たち、マジック研究会ってことにして活動してるのよ。表向きはね」

「表向き……それって、つまり」

クルミはようやく、自分がここまで連れてこられた理由がわかってきた。

「そう。本当はね、私たち秘密の活動をしているんだ」

クルミの胸が高鳴る。もしかして、魔法の研究を……。

「レットラン七不思議の調査をね」

「へ？」

期待とかけ離れた答えを聞いて、思わずまぬけな声がでた。

きょとんとするクルミを無視して、不敵な笑みを浮かべた部長が立ち上がる。

「レットラン七不思議……それは、この学園が抱える不可思議な現象！　クルミ＝ミライさん、キミも現場にいたよね」

「……え？」

「さぁ、さっそく現場へ行きましょう！」

「未知への扉を開くのだ！」

まったく意味がわからないし話にもついていけないが、とりあえずクルミは、おとなしく二人のあとをついていくことにした。

図書館をでて裏へ回り、森へとわけ入る。先日宝探しをした森だが、正式なルートから入っていないため、道らしい道はない。ひたすら薮《やぶ》をかき分けて進んでいく。

「こんなところをとおって、迷子になりませんか？」

「これがあるから、大丈夫よ」

部長が得意げに掲げたのは、L字に曲がった二本の針金だ。

「なんですか、それ」

「知らない？　ダウジングっていうの。昔は、地下水や鉱脈を探すのに使われていたんだけど。振り子を使うペンデュラム・ダウジングもあるけど、私はこっちのLロッド・ダウジングが好き。歩きながら測定できるし」

先輩が早口で一気に説明した。もちろんクルミだって、ダウジングは知っている。しかし、実際に使うところを見るのは、これがはじめてだ。

「それって、どれくらい信ぴょう性があるんですか？」

「今のところ、だまされたことはないね」

「まさに神秘の力！」

副部長がうっとりとダウジングをながめている。さっきから意味不明なことを叫ぶばかりで会話が成立しないが、不思議と悪い人には見えない。頭にフクロウを乗せているせいで、カーリーヘアが鳥の巣にも見えてきた。

「ほら、あっという間に着いた」

ひときわ大きな藪を抜けると、一気に視界が開けた。すこし先には、ユズたちを襲った大木が見える。

「ここって……」

「図書館の裏から入ると、大木まで案外近いのよ」

セントラルガーデン近くにある森の入り口からだと遠く感じたが、校内の奥にある図書館棟からであれば、たいした距離でもないらしい。

「これが七不思議の一つ、『うごめく大木』よ」

「たしかに、うごめいてましたね。あのとき、先輩も見ていたんですか？」

「この目で見られたらよかったんだけど、残念ながら、人づてに聞いただけ。でも、その日のうちに調査はしたよ」

部長が大木に歩み寄り、根元にかがんだ。

クルミは、また動きだすんじゃないかという恐怖で、近寄ることができない。

「怖がらなくて大丈夫。ほら、ここ見て。この傷が問題だったんだ」

意を決しておそるおそる近づく。部長がさしているのは、根につけられた深い傷だった。切れ味の悪い刃物で無理やり削りとったように、痛々しくささくれ立っている。

「ここから魔素が漏れたせいで、暴れだしたのね」

「魔素？」

聞きなれない単語にクルミが首をかしげる。

「魔力の素《もと》で、魔素だよ。古い文献によると、魔素は地下に眠る無加工の魔力で、そのまま流出するとおかしな現象を誘引するんだって。だから、ほうっておくと危険なの」

「それで、あのとき三人を……」

太い根をうねらせユズたちを締めあげていた光景を思いだしたクルミは、思わず一歩あとずさった。

「夜にはもう、魔素はかなり薄くなっていた。きっとあの人が封印したんだね」

「あの人、ですか？」

「うん」

クルミの疑問には答えず、部長が立ち上がる。

「これで、七不思議のうち一つは突き止めた。残り六つを発見して調査し、解決するのが私たちマ研の活動目的よ」

「急がねば！　この世が魔人に支配される前に！」

まじめに聞いていたのに、副部長の言葉で一気に緊張感が薄れてしまう。魔人というのはもしかして、絵本によく登場する怪物のことだろうか。

「でも、魔素とか七不思議って、学校側で解決してくれないんですか？」

「この件を知っているのは、部員と顧問だけ。キミは期待の新入部員だから早々に教えたけど、他言無用だよ」

「えっ入部するとにひと言も……」

無理やり秘密を共有して、勝手に部員にさせられるなんて理不尽だ——と言おうとしたが、七不思議についても気になるせいで、強く断れない。

「うちはかけもちＯＫだから、口の堅いお友だちなら誘ってもいいよ。同好会の継続には部長と副部長が必須だしね」

「黄金の時代をともに生きよう！」

クルミが誘える友だちなど、一人しかいない。こうなればマキも道連れだ。

しかたないと観念したクルミの頭に、フクロウが飛び乗った。嬉しそうに「ホッホー」と鳴いている。歓迎してくれているのだろうか。

「そういえば、この学校って動物が多いですよね」

「風太のこと？」

「ホ？」

部長とフクロウの声がシンクロする。このフクロウは風太というらしい。

「さっきも犬を見かけたし、ノーザン先生はいつもカピバラを抱いてるし、うちの担任もカエルを……」

「森にいるのは野生動物だけど、校舎内で見かける子は、ほとんどがだれかの使い魔だよ」

図書館棟へ戻る道すがら、部長が説明してくれた。

魔法使いの多くが使い魔を持っており、そのほとんどが動物の姿をしているが、本当に動物なのか、動物ではないなにかが動物のフリをしているのかはわからない。総じて賢く、人間の言葉をよく理解しているらしい。

「保健の猫先生もだれかの使い魔なんじゃないかって言う人もいるけど……」

「猫!?」

「あ、まだ会ったことない？　うちの保健の先生って猫なのよ。でも、魔法で治療までできるのは、使い魔の範疇《はんちゅう》じゃないのよね。だから、猫先生は魔法使いが猫に姿を変えているんじゃないかってのが通説。本人はニャーとしか言わないし、ほかの先生に聞いてもはぐらかされるし、七不思議が終わったらそっちを調査するのもアリかも」

猫が保健の先生をしていることにも驚いたが、クルミはそれ以上に魔法の治療に興味がわいた。頑丈《がんじょう》が取り柄のクルミは、小中学校でも保健室を利用したことがない。おばあちゃんの薬草でほとんど解決できるため、お医者さんにかかったこともない。今回も特製の薬草をいくつか持たせてもらっているが、レットランでは保健室も使ってみようとクルミは決めた。

「風太はだれの使い魔なんですか？」

「それが、わからないのよね」

部長が首をかしげる。

「部活の合間に世話してくれって託されたんだけど、エサは勝手に調達するし、糞尿をその辺にまき散らすこともないし、手のかからない子だよ。夜目が効くから夜間調査にも付き添ってくれるし、伝言は運べるし。どちらかといえばお世話になっているのは私たちね」

「その知能はまさに、女神の従者！」

どうやらマ研では、風太が一番まともな存在のようだ。

「招集は風太経由で知らせるから。部室はいつでも自由に使ってね」

図書館棟に着くと部長はそう言い、副部長とともに部室へ戻っていった。精神的にも肉体的にも疲れきっていたクルミは、そのまま寮に向かって歩きだす。

その道すがら、クルミは無意識にあの少年を探していた。

少年が、ミナミ先生と同様に見た目が幼いだけの魔法使いだとしたら――講堂前広場にいた茶白の犬は、少年の使い魔かもしれない。

しかし、建物のかげまで目をこらして歩いたものの、結局、少年も犬も見つけることはできなかった。

＊

「で、私も入るの？　マ研に？」

「お願いします！」

「でも、ダンス部が」

「もちろん、来られるときだけでいいから！　一人は不安なの」

「うーん……」

タンバリンダンス部の新入部員歓迎会に参加していたマキには、夜になってようやく今日の話を報告した。魔術研究部に入れなかったこと、かわりにマジック研究会に入部してしまったこと、七不思議を調査することまでつつみ隠さず報告する。

そのうえで、クルミはマジック研究会への入部をマキに懇願《こんがん》していた。

「まぁいっか」

しばらく天井を見上げ考えこんでいたマキだったが、観念したようににこりと笑う。

「やったぁー！　ありがとう！」

クルミは大きくガッツポーズをした。しっかり者で情報通《つう》なマキが一緒なら、心強い。

「ぶっちゃけ、七不思議ってやつも気になるしね。森の件は私もその場にいたし、歓迎セレモニーのサラマンダーだって……この学校、なんかありそうだなとは思ってたのよ」

マ研に無理やり誘っておいて薄情かもしれないが、自分なら、もしダンス部に誘われても絶対に入らないだろう。マキの優しさと軽快なフットワークには、助けられることばかりだ。

「なんかありそう……そうなんだよね」

クルミは昼間の少年を思いだした。『まがい物に主導権を握られない本物の魔法使い』とは、どういう意味なのだろう。本物の魔法使いというのは、ミナミ先生の言う『魔法手帳を使わない魔法使い』と関係があるのだろうか？

マキの意見を聞いてみようと口を開きかけたが、こつこつとガラスをたたく音にさえぎられてしまった。

「風太だ」

「その子、風太っていうんだ。よく見かけるよね」

「うん、マジック研究会のお世話係なんだって」

「お世話係……フクロウのほうがお世話するってこと?」

マキの言葉に笑いながら、窓を開ける。

「ホッホー」

窓枠に止まった風太が右足を上げた。紙がくくられている。広げると『マ研招集　旧音楽室に今すぐ集合』という殴り書きのようなメッセージが書かれている。

「今すぐ?」

風太に問いかけると、「そのとおり」と言わんばかりに首を動かし「ホー」とひと鳴きした。

クルミがあきらめたようにうなずくと、風太はすぐに飛び去っていく。

大きく羽を広げたそのうしろ姿が、アブニールの森に住むフクロウと重なる。

――おばあちゃん、元気にしてるかな。

クルミはメンフクロウが完全に見えなくなるまで、しばらくそのうしろ姿を見送った。

それからすぐに、二人は部屋着のまま寮をでた。

こっそり抜けだしたつもりだったのに、手に灯りを持っていたせいで、その姿を数人の生徒に見られてしまった。

一人は、ユズだ。図書館から借りてきた卒業生名簿を熱心に見ていたユズだったが、窓の外で揺れる灯りが視界に入り、顔をあげた。

「あれって……マキと、クルミ＝ミライ？」

目をこらそうとしたところへ、お風呂上がりのレモーネがやってきてさっと窓を開ける。

「夜風が気持ちいいですぅ～」

「先に髪を乾かさないと、風邪ひくわよ」

ミカーナが、窓から顔をだすレモーネをとがめた。

「ねぇ、今そこに、マキとクルミ＝ミライが……」

「え？」

「いえ、なんでもない。多分、見まちがいね」

きっと、大木での一件を気にしすぎているから見まちがえたのだ、とユズは思い直す。

あの日もユズは、まちがいなく、手描きの魔法陣が発動するのを見た。そんな突拍子もないことを見せつけて、平然としているなんて……ユズはふたたび卒業生名簿に視線を落とす。

ミナミ先生が魔法使いなのは疑いようもない。学校側も、国家魔法師の教員だと明言している。

それはつまり、レットラン魔法学校のマ組卒業生ということでもある。見た目は十歳程度だが、本人も言っていたように、実年齢と見た目がちがうことは魔法使いならめずらしくもない。いつごろの卒業生なのか見当もつかないため、ユズは近いところから順に卒業生の名前を追っていくことにした。

「だめだ、ないわ」

直近五十年は調べきった。そのなかにミナミ＝スズキの名はない。

「調べてどうするの？」

「わからない。けど、二度も手描きの魔法陣を見せられたらもう、無視なんてできないわ。本当に普通科の私たちが魔法使いになれるルートがあるのか……とにかく、調べられることは調べておきたいの」

ミカーナにそう告げたユズは、すぐに次の名簿に取りかかる。

理由はどうあれ、ここへきてようやく前向きな姿勢を見せはじめたユズを、ミカーナは嬉しそうに見つめた。

＊

「部長！」

「さっそく新入部員を連れてきたのね！　やはりキミは優秀だ」

「マキ＝クミールです」

よろしく、と差しだした部長の手をマキが握った。つづいて副部長にもあいさつをと視線を動かしたが、副部長は一心不乱に教室中央の古いピアノを見つめている。

「こっちは副部長。基本的に、気にしなくていいよ」

マキは部長の言葉に素直にうなずき、だしかけていた手をそっとひっこめた。むだに質問しない順応性の高さに、クルミは感心する。

旧校舎は普通科寮から裏手に向かって、五分ほど歩いた場所にあった。普段はほとんど使われていないが、改修された一、二階で入学試験がおこなわれたため、訪れるのは二回目だ。

「ここで、なにがあるんですか？」

旧音楽室に灯りはない。それぞれが持ちこんだ照明だけが頼りだ。

使われなくなって、どれくらいたったのだろう。長椅子は無造作に壁に寄せられ、光沢のない板張りの床には楽譜が散乱している。壁沿いの棚には、ほこりまみれのバイオリンがぽつんと一丁残されていた。

先ほどから副部長がにらんでいるのは、中央に置かれたグランドピアノだ。こちらはほとんどほこりを被っていない。なにもかもほこりにまみれた旧音楽室で、その不自然さはきわ立っている。たしかに、今一番注視すべきものだろう。

「マ研では、朝晩の魔素パトロールを日課としているの」

「魔素パトロール？」

クルミとマキの声がハモる。

「略して、魔素パト。そのうちキミたちにもやってもらうから」

「えぇ」

「めんどくさ……」

あからさまにいやがる後輩たちを無視して、先輩方は真剣そのものだ。

「魔素の噴出量がもっと増えたら、学校はもちろん、世界全体が大変なことになるかもしれないからね」

「魔素って、魔法手帳の動力源になる魔力とはちがうんですか？」

いい質問だね、と部長がマキにほほ笑む。

「無加工の魔力が魔素、と言うのが近いかな。地下に眠る大量の魔素が、たびたび地上に漏れているんだ。魔素の暴走が近いのかもしれない」

「それなら、全部吸収して魔力に加工しちゃえばいいじゃないですか」

「それができれば話は早いけど……そもそも、魔法手帳の動力源は魔力だとされているけれど、私たちがそれを確認できるわけじゃないし、どうやって供給しているのかも知らないわけだし」

マキはまだ納得できない顔をしているが、一旦黙った。

クルミも、マキと同じ疑問は抱いている。そんなに重大なことなら、まず学校に相談するのが一番だ。しかし同時に、その秘密を自分の手で解き明かしたいという部長たちの気持ちもわかる。きっと、魔術研究部からの拒絶に対する意地もある。それがわかってしまうから、クルミはこうしておとなしく、夜の旧校舎にやってきたのだ。

「今日も二人でパトロールしてたんだけど、ここから微量の魔素を検知したから、キミたちを呼んだんだよ」

バサバサと大きな音を立てながら風太が飛んできた。ただのフクロウではなく《使い魔》だと思うと、心強い味方を得た気分だ。

「おかえり、風太。さぁ、一緒に魔素の噴出口を探すよ」

二人に手渡されたのは、L字型の二本の針金——Lロッド・ダウジングだ。

「これで部屋のなかをくまなく探してね」

「これで、ねぇ」

マキはまだ、疑わしげな顔をしている。クルミも全部を信じているわけではないが、実際に不思議なできごとに遭遇し、危険な目にもあってきた。魔素が噴出していることは否定できない。それゆえ、ダウジングを試す価値はゼロではない。

「部長、なにも反応しません」

素直に調べはじめた二人だったが、五分もたたずにマキが音をあげた。たいして広くもない室内で、ダウジングを持つ人間が三人。たしかに、調べるべきところは充分に調べつくした気がする。

「微量の反応はあるんだけどなぁ」

なんの変哲もなさそうに見えるLロッドを掲げ、部長が首をかしげる。その言葉を聞いて、クルミも自分の手元を見た。反応なんてなにもない……ことも、ない？

「ねぇマキ、なんか、変かも」

クルミの手のなかでLロッドがぶるぶると震えはじめた。

「え、私も」

マキも驚いた顔で自分の手元を見つめている。

全員のLロッドが大きく振れはじめ、最大に開いたところでぴたりと静止した。

「来る」

張りつめた空気のなか、部長の低いつぶやきが聞こえた。と同時に突然、部屋中の空気を震わせるようなピアノの大音響が鳴り響く。

「!?」

まるで、大きなハンマーを鍵盤にたたきつけているかのようだ。あまりにも乱暴な不協和音に、思わず耳をふさぐ。

しかし、なんの意味もなさない。空気まで押しつぶすような音圧に、息が苦しくなる。

「魔の旋律だぁー！」

副部長がピアノに負けない大音量で叫んだ。普段なら聞きながす戯言も、今ならうなずける。

まさに、悪魔の音だ。

鍵盤のすき間からは、紫色の煙のようなものが噴きだしている。おそらく、あれが魔素だ。

「部屋をでるよ！　この音を聞いてたらダメだ！」

部長の大声は、クルミとマキに届かなかった。しかし、なにかを叫んでドアに向かった部長の行動を見て、悟る。逃げなければ。

「だめだ、開かない」

いつもひょうひょうとしている部長が、焦りで顔を青ざめさせている。手立てはないかと天井を見上げたクルミは、大きな羽を広げて悠々とホバリングする風太を見つけた。焦ったようすはない。フクロウに、この不協和音はどう聞こえているのだろう。

風太に気をとられていたクルミの足元に、どさりとなにかが落ちた。いや、落ちたのではない。それは、倒れた部長だ。直後に、マキと副部長も倒れこむ。

クルミは必死で頭を巡らせた。ポケットをさぐるが、そこに魔法ペンはない。肌身離さず持ち歩いている、あの手帳さえない。部屋着のまま来てしまったことを後悔しても、もう遅い。

「ホー！」

ひときわ高い声が頭上から降ってきた。ピアノにも負けないほどの声量に驚き風太を見ると、いつからいたのか、背中にちょこんと黄緑色のカエルを乗せている。

驚くクルミをめがけて、黄緑色のカエルがぴょんと飛んできた。

「え？」

クルミはあわてて両手を差しだす。手のひらのひんやりとした質感に、クルミはすこし冷静さを取り戻した。この子は、もしかして――。

「もう！　勝手なことして！」

今、一番聞きたかった声に、クルミの胸が熱くなる。大きくドアが開き、見覚えのあるとんがり帽子を目にしたとたん、安堵で涙がこぼれそうになった。

「さぁて、やりますか」

ミナミ先生が魔法ペンをひと振りすると、あっという間に魔法陣が展開される。いつもよりずっと早い。虹色の魔法陣がピアノをつつみこむと、部屋中に漂っていた紫色の魔素がみるみる消え、不協和音を奏でていたピアノの旋律は、いつのまにか温かいメロディーに変わっていた。

「すごい……」

何度見ても、圧倒される。この場に来てすぐに必要な要素を判断し、的確な魔法陣を展開する。この一瞬に、どれほどの思考が巡らされているのだろう。なみ大抵の頭脳ではない。頭脳だけでなく、きっと場数も必要だ。

「風太、起こしてやって」

天井近くでホバリングしていた風太がさっと舞い降り、部長のおでこをツンツンとつつきはじめた。

「まったく……活動は好きにしていいって言ったけど、危険なことはしないように伝えたはずよね？」

のろのろとからだを起こした部長に、ミナミ先生が厳しい口調で言う。部長はなおもつらそうにしながら「すみません」と頭を下げた。

「まぁ、事前に風太を寄こしただけ、よしとするか」

ミナミ先生の右腕に止まった風太が「ホウ」と嬉しそうに鳴き、その頬に頭をすり寄せる。ほめてと言わんばかりだ。

「くすぐったい！　もう、風太はあいかわらず甘えん坊だね」

「ゲロゲロ」

嫉妬しているのか、クルミの手を離れたカエルがミナミ先生の帽子に飛び乗り、威嚇《いかく》するように鳴いている。

「もしかして、ミナミ先生がマ研の顧問なんですか？」

クルミがたずねると、先生はあっさりとうなずいた。

「一応ね。顧問ってほど仕事はしてないけど」

「じゃあ、風太の主も……」

「あ、それは別。私の使い魔は大吉《だいきち》だよ」

ミナミ先生の帽子の上で、大吉が胸を張ってゲロゲロと鳴いた。

「風太は、友だちの使い魔でね。しばらく預かってるのよ」

ミナミ先生がすっと目を細めて優しい顔をする。きっと大切な友だちなのだろう。

「さて、それにしても、今回は大変だったね」

「微量な魔素を検知したことは何度もありますが、こんな急激な噴出は、はじめてです」

ようやく調子を取り戻した部長が立ち上がる。マキと副部長は目を覚ましたものの、まだ座りこんでいた。余程こたえたのだろう。

気を失うこともなくケロッとしている自分の頑丈さを、クルミはあらためて自覚する。

「たしかに、最近の魔素暴走は不自然だね」

ミナミ先生がいつになく難しい顔でピアノを見つめた。魔法ペンをもうひと振りすると、さっと音楽がやむ。

「ま、とりあえず今日は、もう寮に戻りましょう。あと十分で消灯時間だし」

「えっ」

「まずい！」

マキと副部長がふらつきながらも、あわてて立ち上がる。みんなで先生にお礼を言い、寮へ戻る道を走りだした。

「やっぱり、早く魔法使いにさせなくちゃ」

クルミの背中を見つめるミナミ先生のつぶやきは、だれの耳にも届かなかった。

一方、寮へと戻る四人を別のところから見つめる人物がいた。アスカとキョウだ。

「僕たちも、そろそろ戻ろうか」

「そうだな。とんだ事件のせいで、キョウの紅茶を飲みそこねたよ」

キョウの部屋からクルミとマキが寮を抜けだすのを見つけた二人は、こっそりとあとをつけていた。旧校舎には入らなかったが、異様なピアノの音も、ミナミ先生が入ったあとの旋律の変化も、しっかりと聞いている。

「それにしてもあの先生、どう思う？」

「魔法手帳なしで魔法陣を描くか……この目で見ていなければ、笑い飛ばすところだけどね」

魔法手帳には、魔法陣の構成要素がすべてつまっている。マ組生は魔法の知識を学ぶと同時に実践を重ねながら、すこしずつ魔法機能を解放し、使える手数を増やしていく。今時点でキョウが使える魔法は、ドローネを含めまだ三種類だけだ。

キョウは自分の魔法手帳を見つめた。

この世で唯一、魔法陣を生成するはずの魔法手帳。その地位が今、揺らぎはじめている。

「それに、あの子――クルミ＝ミライも、なんだかきなくさい。いつも現場にいるだろう」

「教室で見る限りは、ただの天然がり勉だけどな」

くすりと笑ったアスカを、キョウがめずらしそうな顔で見つめた。兄の視線に気づいたアスカは、はっとして表情を戻す。

「今はとりあえず、ようすを見るしかないな」

「……そうだな、アスカ」

寮へ向けて歩きだした双子のかげから、そろりと茶白の犬がでてくる。

犬は大きなあくびを一つして、双子とは逆の方向へ走り去った。

#04 古代魔法使いって、なに？

「クルミ＝ミライが魔研――って、どういうこと？」

突然響いた甲高い声に、にぎやかだった朝の教室がしんと静まる。

「マイク君が手に入れた情報ですぅ」

「本人に聞いたんだから、まちがいないよ」

ユズの機嫌をそこねたかと焦るレモーネと、情報をいち早く手に入れ得意げに胸をそらせるマイク。そんな二人に、ミカーナが疑しげな視線を送った。

「魔術研究部はマ組生しか入れないはずじゃなかったかしら」

ちょうどそこへ、遅刻寸前のクルミとマキが滑りこんでくる。

「セーフ!?」

「クルミ、間に合ったよ！」

二人が席に着くのと予鈴が鳴るのは同時だった。昨夜の件でなかなか寝つけなかった二人が目覚めたのは、八時十分。三十分の予鈴に間に合ったのは奇跡的だ。

「うわーん、お腹すいた」

座るなり嘆いたマキの隣から、小ぶりなつつみが二つ差しだされた。

「おはよ！　二人とも食堂に来てなかったから、こっそり持ってきたよ」

最近では寮の厨房も手伝っているサリィが、クルミとマキの分をとっておいてくれたらしい。

中身は、ツナと玉子のオーコラサンドだ。

「自信作だから、よかったら食べて？」

「えっ、神だ。女神だ」

「サリィ、大好き！」

二人はサリィに抱きつき、急いでサンドイッチをほおばる。

本鈴まで、あと十分。マナーもへったくれもない二人の食べっぷりをあきれ顔で見ていたユズが、食事が落ち着くのを待ってから声をかけた。

「朝からバタバタとさわがしいわね」

「いやぁ、寝坊しちゃって」

「マキは寝坊しなくたって、バタバタしてるじゃない」

あははと笑うマキにため息をついたユズが、今度はクルミを見る。

「ところであなた、魔研に入ったって本当？」

「あ、うん」

またなにか嫌味でも言われるのかと構えたが、ユズはいつもと異なるとまどった表情を浮かべている。

「ねぇユズ、私も！　私も一緒にマ研だよ～」

マキのアピールに、ユズはますます困惑顔だ。

「普通科でも入れるなんて……今年からかしら」

クルミはそこで、ユズが魔術研究部と勘違いしているらしいことに気づいた。同時に、いつになくおろおろとしている姿が新鮮で、もうすこし意地悪したくなってしまう。

「マ研の先輩たちには、すごく歓迎してもらったよ」

クルミがそう言うと、ユズはぱあっと顔を輝かせた。

「本当に？　魔法手帳なしでも歓迎してもらえるなら、私も……」

「いやいや、マ研っていったって、マジック研究会のほうだから」

「へ？」

マキの唐突なネタばらしに、ユズが固まる。

とまどうユズをもうすこし見ていたかったクルミは恨めしげにマキを見るが、本人はいっさい気にせず、サンドイッチのつつみ紙を捨てに行ってしまった。

こうなったら、しかたがない。

「そうなの。マジック研究会、略してマ研だよ」

ぽかんとするユズに、クルミはあらためて正式名称を告げた。

「……マジックって、あのマジック？　手品？」

「うん」

「魔術研究部じゃないってこと？」

「残念ながら」

クルミの肯定に、ユズはなぁんだと天を仰いだ。

「ややこしい名前ね」

一部始終を見ていたミカーナが、あきれたようなほっとしたような顔で苦笑している。

その隣ではマイクが「痛恨の裏取りミスっ……」と、頭を抱えもだえていた。

「ふーん」

すべての状況を理解したユズが、ようやくいつもの不敵な笑みを浮かべる。クルミのささやかな意地悪にも、気づかれてしまったようだ。

「それなら、今後は勘違いされないよう、マジ研って呼ぶのはいかが？」

「えぇ、マジ研？　うーん……」

返答に困ったクルミを見て、ユズがくすくすと笑った。

「マジでおかしい研究会の略よ。ふふっ」

「え、それはちょっと」

抗議しようと口を開きかけたが、ユズが楽しそうに笑うせいで、怒るに怒れない。

「マジでおかしい研究会か……いいね、それ」

とおりすがりのアスカまで、ユズに賛同している。クルミが見上げると、いたずらっぽい笑みを浮かべた薄茶色の瞳と目が合った。

――わぁ、キレイ――。

あまりにも整った顔立ちにクルミが見とれた瞬間、ふいにアスカの顔が近づいた。

「実際、この学校は、マジでおかしなことだらけだからね」

耳をくすぐるような距離でささやかれた言葉が、クルミの脳内を素通りしていく。

「ふぇ……」

あまりの近さに固まってしまい、まともに返事もできない。アスカはふっと笑いながら身を起こし、なに食わぬ顔で最後列の自席へと戻っていった。

そのうしろ姿を、ユズとマキがあきれた顔で見ている。

「前から思ってたけど、アスカって距離感バグってるよね」

「キョウはそんなことしないのに」

「……あー、うん。ユズがそう思うなら、そうなのかな」

ユズとマキがこそこそとしゃべる横で、クルミは熱くなった頬をぱたぱたと仰いだ。

制服を自分でアレンジして着崩していたり、やる気のないそぶりを見せながらも小テストは常に満点だったり、マ組首席の兄がいたり――なにかと目立つアスカは、いつもクルミの視界にいる。

しかし、まともに目を合わせたのはこれがはじめてだ。直接言葉を交わした記憶もない。華やかすぎて自分とは異なる次元の人間だと思っていた、アスカとの思いがけない距離に、クルミの動悸《どうき》はなかなかおさまらなかった。

*

本日の魔法学は、宝探し以来の課外授業だ。

集合場所に指定された校舎東側の農園には、地を這うようにのびたサツマイモの葉と、根元が黄色く枯れかけているジャガイモの葉がきれいにならんでいた。それはクルミにとって、本格的な秋の訪れを知らせるなじみ深い光景だ。

畑の奥では直径十メートルを超える巨大な水車がゆったりと回り、水場にはさまざまな野鳥が集まっている。

一見すると牧歌的なレットラン農園だが、実は随所《ずいしょ》に魔法具が活用されており、最新鋭の技術でシステマチックな栽培がおこなわれていた。その品質も収穫量も、人の手では成しえないレベルを維持しており、ブランド野菜として人気を集めている。

「うわぁ！　あの魔法具はうちの果樹園でも役立ちそうですぅ」

大規模な果樹園の娘であるレモーネが、納屋にある魔法具をすみずみまで見渡して興奮している。日ごろはユズにべったりのレモーネだが、果樹園を大きくしたいという夢は本物らしい。いつになくはしゃぐレモーネの姿を、ユズとミカーナがほほ笑ましく見守っている。

「よーし、みんなそろってるね」

チャイムとともにミナミ先生がやってきた。いつもと同じ、足元まである紺色のマントに、ふんわり丸い膝上のオールインワン。つば広のとんがり帽子には使い魔の大吉がちょこんと乗っている。

何度も助けられ、実力を目の当たりにした今では、どんなに見た目が幼くとも子どもだとは思えない。クルミは憧れのようなまぶしい気持ちでミナミ先生を見つめた。

「今日はひさしぶりの屋外ですが、どんな授業を？」

まるで取材のようなマイクの質問に、

「調理実習だったら嬉しいのにな〜」

とサリィがつづく。朝昼晩と食堂を手伝っているにもかかわらず、まだ料理へのモチベーションがあり余っているらしい。サリィのバイタリティにみんなが驚くなか、ミナミ先生が「さすが！」と拍手をした。

「サリィ＝アンドルさん、正解です」

「えっ」

「秋は収穫の季節……ということで、芋煮パーティーをしまぁす！」

ミナミ先生の言葉に、生徒が一気にもりあがる。入学してはじめての調理実習だ。

「まずは材料調達からはじめましょう」

「まさか……芋掘りからですぅ？」

レモーネの不満げな言葉に、ミナミ先生が「もちろん」とうなずく。

「なにをするにも、根幹から知ることが大切なんですよ」

畝《うね》の間に立ったミナミ先生が、ポケットからサツマイモとジャガイモを取りだした。

「ここで、ユズ＝エーデルさんに質問です」

「は、はい？」

突然指名されたユズがぴっと背筋をのばす。

最初こそミナミ先生を見下すような態度を隠さなかったユズも、森で助けられてからは、極端に反抗的な態度をとることはなくなっていた。

「ここにサツマイモとジャガイモが植えられていますが、同じ芋でも大きなちがいがあるのをご存じですか？」

「種類がちがいます」

「もっと具体的に？」

「ええ、急に言われても」

困っているユズを助けるように、サリィが「はいっ」と手をあげる。

「食べている場所がちがいます。ジャガイモは茎《くき》、サツマイモは根っこですよね」

「そのとおり！」

ミナミ先生の拍手に、みんなもつづく。どうやらほとんどの生徒が、そのちがいを知らなかったらしい。

「ジャガイモが茎だなんて、クルミは知ってた？」

「うん。毎年育ててたからね」

マキの言葉にクルミはどや顔を返す。家庭で食べるような野菜のほとんどは、おばあちゃんと栽培済みだ。

「正確には、茎ではなく塊茎《かいけい》というんですけどね」

「そんなの、魔法と関係ないじゃない」

ユズが恨めしげにミナミ先生をにらむが、以前ほどの反論はない。

「魔法を扱うには、魔力の素となる魔素が必要です。みなさんはそれがどこにあるのか、ご存じですか？」

突然の質問に、生徒たちが顔を見合わせる。

「そんなの、マ組の魔法手帳だろ〜♪」

歌いあげるドクの隣で、テツが首をかしげた。

「それなら、魔法手帳はどこからエネルギーを取り入れてるんだ？」

クルミは昨夜のことを思いだす。ソーラ部長は地下に大量の魔素が眠っていると言っていた。

それが正しいのであれば、答えは『地下』である。

「魔法手帳のことは考えなくていいよ。今みんながめざしているのは、魔法手帳に頼る必要のない古代魔法使いなんだから」

「古代魔法使い……？」

はじめて聞く言葉だ。マジックス勢なら知っているのだろうかと周りを見回すが、みんなクルミと同じようにとまどった表情を浮かべていた。

「魔法発動の源となる魔素は、自然界にあふれています。それを活用するのが古代魔法であり、みなさんがめざすものです」

「古代魔法なんて、聞いたことありませんけど……」

ユズの言葉に、みんながうなずく。

「そっか……だれも知らないのか。昔は古代魔法が主流だったんですけどね」

ミナミ先生がさみしそうな顔をしたが、それは一瞬のことで、すぐにいつもの笑顔に戻って魔法ペンを取りだす。

「古代魔法学では、すべてのエネルギーが自然のなかにあると考えています。それを私たちの目に見えるように体現してくれているのが、たとえば植物」

くるりと回された魔法ペンの先から、直径三十センチほどの小規模な魔法陣が展開される。慣れたもので、もうだれも手描きの魔法陣に驚かない。

「植物はエネルギーを得て、太陽へ向かって育っていきますよね」

種が発芽し、土から顔をだす。それが双葉となり、若い新芽へと成長していく。ミナミ先生の魔法陣から現れたスクリーンに、植物の一生が映しだされた。

「これこそが、魔法の根源です」

「植物の成長と魔法が同じ……？　わかるようでわからないなぁ」

テツの言葉にみんなも同調したが、クルミには、ミナミ先生の言うことがわかる気がした。それは、おばあちゃんの言葉にも重なるからだ。

『自然のなかにあふれる恵みを、わたしたちは野菜をとおしていただくの。だからこうして、野菜たちが自然の恵みを上手に受け取れるよう、水や肥料でお手伝いしてあげるんだよ』

クルミにとって、自然界にあふれる恵みは身近なものだった。ミナミ先生の話すエネルギーとはつまり、おばあちゃんが言うところの《恵み》と同じなのだろう。

「たとえばみんなだって、外で思いっきりおいしい空気を吸いこんだら、元気がでるでしょう？　それも、自然からエネルギーをもらってるんですよ」

「息を吸うだけで、エネルギーが……？」

エネルギーを感じようと深呼吸をくり返す生徒たちに、ミナミ先生は「素直でよろしい」と笑った。

「昔は、みんなで自然の恵みに感謝しながら、そのエネルギーを使わせていただいていたの。だけど、長い年月を経て世のなかが便利になるにつれ、そのことを忘れてしまったのね。魔法手帳がその最たる例」

ミナミ先生が懐から魔法手帳を取りだした。

「先生も持ってたんだ……」

それはマ組の証であると同時に、国家魔法師の証でもある。ミナミ先生が持っているのは当たり前なのに、クルミにはどうもしっくりこない。

「人はかつて、みんな魔法使いだったんですよ」

クルミははっとする。ミナミ先生とあの日の魔法使いさんが、重なっていく。

――本当はね、だれだってみんな魔法使いなのよ。

ただ、いつの間にかその使い方を忘れてしまっただけ――。

もしかして魔法使いさんも、古代魔法使いだったのだろうか。

「にもかかわらず、今や人間は植物以下っ！」

「えっ」

過去に思いをはせていたクルミは、ミナミ先生の強い口調で現実に引き戻された。

「だから今日は、本来備わっていたはずの自然の感覚を取り戻してもらうんです。さぁ、みんなでレッツ芋掘り！」

最初こそ面倒くさそうな顔をしていた生徒たちも、自らの手で芋を掘り起こしていくうちに楽しくなってきたようだ。クルミも慣れた手つきでさくさくと芋を掘っていく。

「マキ見て！　大きいのがこんなに！　本物の芋づる式だよ」

「さすがクルミ！　こうして見るとやっぱり、サツマイモは根っこなんだねぇ」

「ふぁ〜、クルミちゃんのお芋、おいしそう」

クルミの掘りあてた巨大サツマイモを、サリィが愛でるようにうっとりと見つめている。

「それにしても、さすがレットラン農園。やっぱり収穫量が多いよね」

額の汗をぬぐいながらからだを起こすと、後方からレモーネの歓声が聞こえた。

「ユズ様、すごいですぅ！」

お嬢様育ちで畑仕事とは無縁に見えるユズが、ものすごい勢いでジャガイモを掘りだしている。顔に似合わぬ真剣なようすに、クルミは思わず笑ってしまった。

はっきりものを言うところは今も怖いが、なんにでも真剣に取り組む姿勢は見ていてすがすがしい。図形の練習だって、だれよりも丁寧に取り組んでいるのをクルミは知っている。裏表のないユズの性格を知っていくうちに、入学当初のような苦手意識は自然と消えていた。

そんなユズのもとに、マ組の制服を着た男子生徒が近寄ってくる。

「威勢がいいね、ユズ」

全身に土を被ったユズが、男子生徒を見て固まった。

「……キョッキョ……」

「あはは、きょっきょってなんだよ」

マ組のキョウ＝クルマルだ。そういえば入学式の日も、ユズにあいさつをするために普通科寮まで来ていた。双子の弟であるアスカよりも先に声をかけるなんて……顔を真っ赤にしてあたふたするユズの姿に、クルミは思わず顔がにやけてしまう。

「キョウ君も畑に用事ですぅ？」

必死の形相で土を払うユズのうしろから、レモーネがのんきに声をかけた。アスカ相手には真っ赤になってしまうレモーネだが、同じ顔をしたキョウの前では平気らしい。

「このあと調理実習があるから、野菜をもらいに来たんだ」

キョウの視線を追うと、納屋の前にキレイに洗われた野菜がならんでいた。

「マ組は収穫なんてしないのね」

ミカーナの恨めしげな言葉に、キョウは残念そうな顔をする。

「僕はむしろ、収穫体験もしてみたかったけど？」

「マ組生は、畑仕事なんてする必要ないわよ」

乱れていた髪を整えたユズがすまし顔で言うが、その頬には土がついている。それに気づいたキョウが、ユズの頬にそっと触れた。

「ユズ、ここに土が」

土をぬぐったキョウが、間近からユズをのぞきこむ。

「うん、キレイになった」

王子様のようなキョウのほほ笑みに、ユズだけでなく見ていた全員がドキドキしてしまう。唯一平然としていたマキが、

「あいかわらず、過保護だねぇ」

と笑った。

「あの二人は、マジックス時代からずっとあんな感じ。アスカはだれが相手でも距離感おかしいけど、キョウはユズだけ特別」

マキの言葉に、クルミはふんふんとうなずく。遠目にもお似合いだし、いい雰囲気だ。真っ赤な顔で嬉しそうに笑うユズは、いつものとげとげしさがなくなって、とてもかわいい。

「マ組は今から調理実習なのか？」

そこへアスカが登場する。華やかな二人がならぶと壮観だ。今度は、ユズのうしろにいたレモーネの頬が真っ赤に染まっていく。

「あれ、クルミ顔赤いよ？　暑い？　水飲む？」

「ふぇっ？　あ、そうだね。お水でも飲もうかな」

マキの言葉にクルミは驚き、あわてて水飲み場へと走った。レモーネの顔が赤くなるのを見ていたから、うつったのだろうか。

「マ組が調理実習室を使うなら、俺らはどこで芋煮するんだ？」

アスカの疑問に、マイクが笑いながら口をはさんだ。

「収穫も手伝わず昼寝してたくせに、芋は食うのかよ！」

「サリィのレシピなら、食べるに決まってるだろう」

「やったぁ！　アスカ君に言われたら、ますます腕がなっちゃう」

サリィの声が弾んでいる。

「それなら手伝えよ〜♪」

「俺に肉体労働は似合わない」

「おい、キョウ！　弟をなんとかしろ！」

「僕に言われても……、アスカはいつもこうだからなぁ」

「キョウにだって、肉体労働は似合わないわ」

みんなのにぎやかな声を背に、クルミはがぶがぶと水を飲み、ついでに顔も洗った。顔の火照りがひんやりとおさまっていく。

「みんな楽しそうだねぇ」

顔をあげると、ミナミ先生がニヤニヤと生徒たちのやり取りを見ていた。

「青春だねぇ。学生生活はやっぱりこうでないと」

「先生も、見た目だけなら青春中に見えますよ」

「あらあら。国家魔法師に向かってなんて失礼な」

「……すみません」

ミナミ先生がくすくすと笑う。肩の上の大吉も、調子を合わせてケロケロと鳴いた。

「でも先生、わたしたちはこのあとどこで調理するんですか？」

「自然を感じるための実習なんだから、当然……」

ミナミ先生が納屋の向こうに用意されたオープンキッチンをさす。

「お陽さまのしたでクッキングに決まってるでしょ！」


山積みされた土だらけの芋たちを、水車小屋脇の小川でじゃぶじゃぶと洗っていく。勉強中心の生活のせいで包丁を握ったことがない生徒も多かったが、サリィのおかげであっという間に下ごしらえが終わった。

おばあちゃんと二人きりの収穫作業だって楽しかったが、やはり大人数だとスピードも楽しさも全然ちがう。つるりと剝《む》かれた山盛りの芋を前に、クルミは久しぶりの達成感を味わっていた。

しかし、本番はここからだった。

「では、魔法陣で火をおこしてみましょう」

当たり前の顔ではなたれた言葉に、全員がぽかんとする。

「自然の力を信じて、がんばって！」

無茶ぶりに慣れてしまった一組の生徒たちはもう、だれも文句を言わない。ミナミ先生の号令で六つの班にわかれ、それぞれ作業を開始した。クルミはマキ・サリィと一緒だ。

「火おこしの魔法陣かぁ」

クルミは芋掘りよりもがぜんやる気になっていた。自らの魔法陣で火をおこすなんて、すこし前なら想像もできなかったことだ。しかし、今の自分はちがう。魔法発動の感覚は今でも覚えている。あれをもう一度味わえると思うだけで、ワクワクは高まる一方だ。

「クルミちゃん、がんばってねぇ」

魔法ペンで円を描きはじめたクルミの隣で、サリィがパチパチと手をたたく。

「サリィは描かないの？」

「私はつくるのと食べるの専門だもん」

屈託のない笑顔で返されると、もうなにも言えない。

「おっけーサリィ。うちらにまかせて！」

マキがはりきって腕まくりをした。

一方、隣の作業台ではニズが虫眼鏡で光を集めて火をおこそうとしている。

「ユズ様、すごいですぅ」

「虫眼鏡なんて、いいのかしら」

「私たちが手描きの魔法陣を発動させるなんて、無理に決まってるわ。先生は自然の力を信じろって言ったんだから、太陽光を利用するのはアリでしょう？」

さらに別の班では、ドク・テツ・マイクの三人が火打石に挑戦していた。

「魔法陣よりサクセ〜ス♪」

「自然を信じた原始的発火法だ！」

「記者たるもの、どんな状況でも衣食住を確保するものだからな」

マイクの指導で、テツとドクがカチカチと石を打ち鳴らしている。

そのうちに、あちこちで火がつきはじめた。どの班も魔法陣は使わず、自然を生かした原始的な方法で火付けをおこなっている。

「クルミちゃん、もうあきらめて火打石とか借りちゃわない？」

とうとう、魔法陣を描きつづけていたクルミたちだけが取り残されてしまった。

「でも、魔法陣が……」

反応しない。どんなに思いをこめても、力をこめても、うんともすんともない。

「あーら、まだ魔法陣？　うちはとっくに煮こんでるわよ」

ぐつぐつと煮立つ鍋の前にいたユズが、得意げに虫眼鏡を掲げた。

「それはズルでしょ」

マキが抗議するが、ユズは気にしない。

「太陽の力だって自然のエネルギーじゃない」

「ヘリクツ反対！」

ユズの言葉を聞いたクルミは、二人の言い合いを横目に、おばあちゃんの言葉を思いだしていた。

『火を使うときはね、太陽の力を借りるおまじないがいいんだよ』

『太陽の力？』

『そう。指をだしてごらん。ほら、こうしておまじないを描いて……』

おばあちゃんが手のひらに描いてくれた感触を思いだすうちに、魔法ペンを持ったクルミの手が自然と動いていた。

――そのとき。

「!!」

クルミのペン先から生まれた魔法陣がまばゆく光り、かまど全体をつつんでいく。

周囲にいた生徒たちがはっと息をのむ。

しかしあとひと息というところで、魔法陣は霧のように消えてしまった。

「あれ」

「消えちゃった……」

マキとサリィが呆然とつぶやく隣で、ユズは言葉を失ったまま立ちつくしている。

「クルミ＝ミライさん、合格です！」

いつの間にか隣に立っていたミナミ先生が、クルミの背中をぽんとたたいた。

「よくできたから、おまけ」

ミナミ先生が魔法ペンをひと振りすると、あっという間にかまどに火が灯る。そのあざやかな手さばきに、クルミはほめられた喜び以上の悔しさを感じてしまう。

——また、成功できなかった。

一方、すこし離れた木陰では、昼寝のふりをしていたアスカが驚いた表情でクルミを見つめていた。

「マジかよ」

今のはまちがいなく、魔法陣だった。生徒であるクルミまで魔法陣を描くとは予想外の展開だ。

畑に面した調理実習室を見上げると、アスカと同じく目を丸くするキョウと目が合う。

「キョウ、今の……見た？」

見ていたのはキョウだけではない。隣に立つスーミル＝アマサが、驚きよりも恐怖に近い表情で声を震わせている。

「きっと、なにかのまちがいだよ」

そう短く答え、気にせぬそぶりで調理実習のつづきへと戻るキョウだったが、その手がわずかに震えているのを、スーミルは見逃さなかった。

二人が調理台に戻るのを確認したノーザンは、奥歯をかみしめたままもう一度窓の外を見下ろす。ただならぬ気配を察したカピバラの愛子が、腕のなかから気遣うように主を見上げ、「キュウ」と小さく鳴いた。


屋外での芋煮パーティーは大盛況だった。いつの間に材料を持ちこんだのか、サリィがバターたっぷりのスイートポテトもふるまってくれた。

「サリィ、すごい」

「お料理上手、最高！」

「クルミちゃんとミナミ先生が、火をつけてくれたおかげだよ〜」

みんなの称賛にサリィがにこにこと答えている。クルミはサリィの芋煮とスイートポテトを食べながら、さっきの感覚を思い返していた。いったいなにが足りなかったのだろう……。

考えこむクルミに気づいたマキが、励ますように耳打ちする。

「クルミってば、本当に古代魔法使いになれそうじゃん」

「結局失敗だったけどね」

「魔法陣を光らせただけでも、充分すごいことだよ」

キラキラと目を輝かせるマキに、クルミはそっと打ち明ける。

「実は、同じことがこの前の大木のときにもあって……」

「そうなの？」

「うん。ユズたちを助けたくて描いた魔法陣が、一瞬だけ光ったの」

マキが目を丸くする。

「それ、初耳なんだけど」

「ごめんね。もう一回、ちゃんとたしかめてから話したくて」

調理実習が終わったあとも、クルミは魔法を発動しかけた余韻にひたっていた。頭のなかでは、『だれだって昔は魔法使いだった』という魔法使いさんの言葉がずっとくり返されている。

――このままミナミ先生についていけば、本当に、古代魔法使いになれるかもしれない。

そう思いはじめると、マ組に落ちたことさえ運命のように感じられる。みんなが魔法使いだった時代をよみがえらせるきっかけに、もし自分がなれたなら――。

「ミナミ＝スズキには気をつけて」

浮き立つ気持ちをかき消すようにささやかれた低い声に驚き、クルミは足を止めた。振り向くと、見覚えのない女子生徒が立っている。

「信じすぎちゃダメよ」

真剣な顔でそう言われても、クルミはなにも答えられない。

「あれ、スーミルじゃん」

あとから追いついてきたマキが女子生徒に声をかけた。

そこでクルミはようやく思いだす。マ組三番のスーミル＝アマサ……トラン会長の妹だ。兄同様のクールな表情は、冗談を言っているようにも見えない。

スーミルは念を押すようにじっとクルミを見つめてから、「じゃあね」とそのまま立ち去っていった。

「クルミとスーミルって、どっかで知り合ってたの？」

「ううん」

ミナミ先生に気をつけろとは、信じるなとは、いったいどういうことなのか。

クルミは、足早に去っていくスーミルの背中を、ただ見つめることしかできなかった。

＊

「ミナミ＝スズキに気をつけて？」

「はい。一度もしゃべったことないのに、突然」

「忠告してきたのは、一年マ組のスーミル＝アマサです」

「あぁ、氷の妹ちゃんね」

放課後、クルミとマキはマジック研究会の部室を訪れた。クルミたちよりもミナミ先生との付き合いが長い二人なら、スーミルの言葉に心当たりがあるかもしれないと考えたからだ。

「部長もスーミルのこと知ってるんですか？」

クルミの問いにソーラ部長がうなずく。

「塾が同じだったからね。兄のほうは同級生だからもちろん知ってたけど、妹も負けないくらい優秀で、しかも愛想がないところまでそっくり。どっちも目立つ存在だったよね」

頭に風太を乗せたアオイ副部長が「まさに氷点下」と同意を示す。

「先輩たちも、マジックスの本部校出身なんですね」

「も……って、クミールさんも？　こんな目立つ美人なら、知らないはずないんだけど」

「あ、私は中三から本部校に移ったんで」

「二年までは？」

「王宮前校です」

「王宮前って、セレブエリアじゃない。あ、もしかしてクミールって……」

「宮廷舞踏団です」

「ガチのお嬢様か」

部長がうわぁと一歩引く。マジックストークについていけないクルミに、マキが説明してくれた。

「マジックスの本部校には、マ組合格を狙える成績上位勢が集まるの。マ組から普通科五組までは本部校出身者がほとんど。本部から遠い子は、最後まで地元校に通うけどね。私も、舞の稽古が忙しくて二年までは近所の校舎に通ってたけど、三年からは受験に専念するために本部校に移籍したんだ」

「ってことは、先輩たちもマジックスの上位勢だったんですね？」

「ちょっと、意外そうな顔しないでくれる？」

疑わしげな顔で副部長を凝視するクルミに苦笑いしながら、部長が本題を進めていく。

「スーミル＝アマサか……。もしかして占星術と関係あるのかな」

「占星術？」

首をかしげるクルミの隣で、マキが「ああ」と納得した顔をした。

「アマサ家は代々占星術師の家系なの。占星術師は、国家魔法師との兼務が認められている職種の一つだからね。もしかしたら、占星術でミナミ先生のなにかをつかんだとか？」

「真実は宇宙の星々がさし示す！」

部長の言葉に応えるように副部長が叫ぶと、頭の上の風太が同意するように「ホッホー」と鳴く。

「部長は、ミナミ先生のことをどれくらいご存じですか？」

クルミの問いかけに、部長は一瞬言いよどんでから口を開いた。

「名ばかり顧問だから、くわしく知ってるわけじゃないけど……今から話すことは、念のため他言しないでね」

コホンと一つ咳払いをして椅子に座り直した部長が、すこし落とした声で話しはじめる。

「ミナミ先生は国家魔法師だから、当然ここのマ組の卒業生。それはわかるよね？」

「はい」

「でもね、どうやら普通の国家魔法師とはすこし立場が異なるみたいで」

耳打ちするかのように身を乗りだした部長に、クルミとマキも顔を寄せる。

「ここからは、禁書を調べるなかでまとめた推論も含まれるけど」

副部長が書棚から一冊の本を取りだし、二人の前に置いた。表紙には『古代魔法の栄光と消滅』と書かれている。

「この本によると、ずいぶん昔に、国家魔法師が二つに分裂したみたいなの」

「分裂⁉」

クルミとマキの声がそろう。部長はしっと人差し指をたて、さらに声を落とした。

「一つは、魔法手帳を持つ者だけが魔法を扱う権利を有すると主張する、現代魔法派閥。つまり、マ組の卒業生たちが組織する今の主流派ね」

現代魔法派閥と聞いて、クルミは真っ先にノーザン先生を思い浮かべた。国家魔法師が分裂したとき、ノーザン先生はすでに魔法使いだったのだろうか。

「そしてもう一つが、だれもが魔法を扱えると主張する古代魔法派閥。分裂以降もしばらくは二大派閥として存在していたらしいんだけど、そのうちに古代魔法はまやかしだとタブー視されるようになった」

「まやかし……」

ミナミ先生の手描き魔法陣を何度も見てきたクルミは、古代魔法がまやかしではないと知っている。にもかかわらず《まやかし》と決めつけられるなんて、余程の圧力があったにちがいない。

「今では古代魔法派閥の存在を知る人はごくわずか。かつての古代魔法派閥は全員、魔法界から追放されてしまったからね」

「でも、ミナミ先生は」

「うん。まちがいなく古代魔法派閥だ。つまりそれは、古代魔法派閥が今も生きていることを示している」

はじめて聞く話に、クルミは動揺していた。追放された派閥に属しながらも、ミナミ先生は堂々と教員をつとめ、クルミたちに古代魔法を教えることまで明言している。自身の古代魔法を見せることにも、躊躇《ちゅうちょ》はない。

「それって、大丈夫なのかな……」

不安そうなマキの気持ちは、クルミにもわかる。ミナミ先生が心配なのもあるが、タブー視されている古代魔法を習う自分たちの立場が不安になるのは、当たり前のことだ。

「去年までは、ミナミ先生はマ組の教科担当だった。それが今年は、マ組の担当をすべて降りて普通科の担任になっている。ほかの教員も理由はわからないみたいだし、レットランの上層部からも説明はない。おそらく、なにか大きな力が働いているんだと思う」

浮足立っていた先ほどまでの自分が、ひどく滑稽に思えた。

クルミは、古代魔法を扱えるようになれば、国家魔法師でなくとも魔法使いと同義だと考えていた。しかし、今の話をそのまま信じるならば、そんな単純なものではない。

「とりあえず私たちは、七不思議の解明を進めつつ、魔法界の謎についても研究していくつもり」

「研究課題が壮大すぎる……」

マキが引き気味に笑う。こんな大それた話に加担するつもりはなかったのだろう。クルミだって、このスケールは想像もしなかった。だからといって、ここで引く気にはなれない。

「ありがたいことに、ここには古い禁書がたくさんある。卒業に間に合わなくても、すこしずつでも読み進めて、後輩たちにバトンを託せたらなって思ってるんだ」

分厚い眼鏡を光らせてすがすがしく笑うソーラ部長がまぶしい。

マ組不合格を知ったときのクルミには、絶望感しかなかった。しかしたまたま運よく、ミナミ先生が担任になったことで、魔法使いになるための細い糸を紡《つむ》ぐことができた。

でも、先輩たちはちがう。完全な絶望のふちから魔法使いに関与していく方法を考え、魔法界全体にまで視野を広げたのだ。

「マジ研は、マジですごい研究会だったかぁ〜」

天を仰いだマキの発言に、部長がすかさず反応する。

「マジ研？」

「あぁ、クラスの子が、マ研だとややこしいからマジ研にしたらって言ってたんです」

「マジでおかしい研究会だから、マジ研とか言うんですよ⁉　ひどいですよね！」

マキの補足を聞いた先輩たちが、「その子、センスある！」と笑いはじめた。

「おもしろいじゃない。真実を探るなら、『あの人たちはおかしい、変だ、変わり者だ』って思わせておいたほうがいいんだよ」

「能ある俺は頭脳を隠す！」

部長の言葉を受け、副部長が手を広げて立ち上がる。頭上の風太も大きく羽を広げ、楽しそうに「ホッホー」と鳴いた。

＊

数日後の夜。普通科寮を抜けだす二つのかげがあった。そこへめがけ、風太が迷いなく飛んでいく。

「うわっ！　風太、いきなり頭に乗らないでよ」

マキのふわふわお団子に着地した風太が、心地よさそうにクルルとのどを鳴らす。その口から、巾着が落ちてきた。

「いたっ！　今度はなに」

「これ腕章？」

紫色の腕章に『魔素パト　マジ研』と書かれている。

「先輩たち、さっそくこんなものつくって……マジでマジ研、気に入ってるじゃん」

ぶつぶつと文句を言いながらも、マキは素直に腕章を装着する。

「マキ、ごめん。安全ピンつけて」

「クルミって勉強はすごいのに、ちょいちょい不器用だよね」

「面目ない……」

夜間パトロールなんて面倒だと思っていたのに、腕章一つで使命感がわいてくるから不思議だ。

「これも持たないとね」

マキが巾着から取りだしたのは、ソーラ部長お得意のLロッド・ダウジングだ。二人そろって両手に持つが、針はなんの反応も示さない。こうして持つと、先日の振れ方は異常だったのだとあらためて実感する。

パトロールは一日交替でおこなうことになった。強制ではないらしいが、旧音楽室での一件もあったせいで断りづらい。とりあえず散歩でもしようと、二人はセントラルガーデンをめざすことにした。

さらりとした秋風が心地いい。校章のモチーフがついた街路灯にはオレンジ色の光が灯され、ガーデンの草花をやわらかく照らしている。セントラルガーデンの向こう正面に立つ魔法科寮が、窓明かりとともにぼんやりと浮かび上がっていた。

歓迎セレモニーで二人が腰かけていた花壇の前まで来る。あのときは、自分がふたたび魔法使いをめざせるとは思いもしなかった。古代魔法という可能性も知らず、ただ目の前の事実に絶望するだけだった。

しかし、今はちがう。あれからまだ一ヶ月半しかたっていないのに、クルミのなかにたくさんの変化があった。

「――ミ、クルミってば！」

マキの声にはっとする。いつの間に立ち止まっていたのか、三メートルほどうしろで頬をふくらませている。

「何度も呼んだのに」

「ごめん、考えごとしてた……歓迎セレモニーのこととか」

「あぁ、そういえばこの花壇のあたりで見たっけ」

「すごかったよね。セレモニーも、ミナミ先生も」

はじめて見る召喚魔法に感動したことも、暴走したサラマンダーを消し去るミナミ先生に驚いたことも、ずっと昔のような気がする。それくらい、魔法に対するクルミの意識は変化していた。

「そういえば、芋煮パーティーのときの魔法陣は、どうやって思いついたの？」

マキの頭上でくつろぐ風太が、すっと首を伸ばし目を細める。まるで、自分も気になると言わんばかりだ。

「あれは昔、おばあちゃんに教えてもらったおまじないなの」

「おまじない？」

「うん。小さいころにね、たくさんおまじないを教わったんだ。晴れるおまじない、雨が降るおまじない、花がきれいに咲くおまじないに……元気がでるおまじないもあったな。あとは、いい夢が見られるおまじないとか」

一つ教わるごとに目を輝かせていたあのころを思いだし、クルミはふっとほほ笑んだ。

懐かしいハーブの香りをまとった風が、優しく頬をなでていく。草木のざわめきに耳をすましていると、まるでアブニールの森に帰ったみたいな気持ちになる。

「おまじないって、どうやるの？」

「指やペンで、いろんな図形を描くんだよ」

「図形？」

「そう。頭のなかにある願いごとが上手に外にでられるように、その道をつくってあげるんだって。そうやって、昔はみんなおまじないをしてたんだよって」

「──それって」

マキがなにか言いかけた、そのとき。

「こんな時間に、なにしてるの？」

聞き覚えのある声に突然呼び止められ、二人はひっと息をのんだ。声のほうを見ると、ガーデン中央にある円形広場にユズが立っている。

「なんだユズか。そっちこそ、こんな時間にどうしたの？　一人なんてめずらしいね」

マキがほっとした顔で笑った。いつも一緒にいるレモーネもミカーナもいない。

「すこし、考えたいことがあって」

ユズの視線がクルミをとらえる。その目がいつになく真剣だ。

「ねぇ、この間の調理実習のときのことだけど……」

「そこの三人！　ナイスタイミング！」

ふたたび会話がさえぎられた。そろって空を見上げると、真上から箒《ほうき》が下降してくる。乗っていたのは、ミナミ先生だ。

「いいところにいるじゃない！　会えてよかった。私、しばらくここを離れなきゃいけなくなっちゃってさ」

「へ？」

「は？」

「え？」

三人そろってまぬけな声がでる。唐突すぎて意味がわからない。

「コツは教えたから大丈夫だよね」

地上に降り立ったミナミ先生が、ぽんとクルミの肩をたたく。

「教えたって、なにを？」

「古代魔法。ミライさんなんて、もう感じつかんだでしょ」

こちらを見るマキとユズに、クルミは全力で首を振る。

「いえ、まだ全然……」

「大丈夫だいじょうぶ！　とにかくすべては、図形だから。点と線で構成されていることを意識しておけば、あなたたちも魔法陣を描けるからね！」

「すべては、図形……」

ユズが言葉の意味をたしかめるように、ゆっくりとつぶやく。

「そう。正しい魔法陣が描ければ、そこから魔素空間にアクセスできる。そうして無限大の波動が生まれれば、あとは脳内に直接語りかけてくる」

ミナミ先生が一気に言い、それからぐっと目に力をこめる。

「それが、古代魔法発動のきっかけだよ」

「先生、意味がわからな……」

「もうすぐわかるはずだよ、クルミ＝ミライさん」

ミナミ先生が、すこし背伸びしてクルミの肩をつかんだ。

「自然に身をまかせるの。大丈夫、あなたはすでに知ってるはず」

「え」

「それから、ユズ＝エーデルさん。あなたもね」

「えっ？　私？」

突然名を呼ばれたユズがあたふたとしている。

「だれよりも強いあなたの想いと努力は、一つもむだにならない。きっとできるよ」

ユズは返事をしなかったが、ミナミ先生を見つめる瞳に、拒否や否定の意は感じられなかった。

ミナミ先生は満足したようにうなずき、今度はマキを見る。

「マキ＝クミールさんは……とりあえず、タンバリンダンスを極めるところからかな？」

「おっけーです！」

マキの頼もしいサムズアップを見て、ミナミ先生は嬉しそうに笑った。

「念のため、この子を置いていくね」

ふたたびクルミに視線を戻したミナミ先生が、とんがり帽子のつばに乗っていた大吉をむんずとつかみ、クルミの肩に乗せる。隣にいたユズがそれを見て「ぎゃっ」と飛びのいた。

「じゃ、そんな感じで！」

ふたたび箒にまたがったミナミ先生が、高く飛び上がる。

「え、待って、そんな感じって、どんな感じですかーっ？」

叫んだクルミの声は、どうやら届かなかったらしい。あっという間に小さくなったミナミ先生を、三人はぽかんと見上げることしかできなかった。


「アスカの担任、行っちゃったな」

「あぁ。もう戻らないつもりかもしれないね」

セントラルガーデンを見下ろすように建つ魔法科寮の一室から、アスカとキョウが一部始終を見ていた。

マ組首席の特権として、キョウには個室が与えられている。おかげでアスカは、大量の私物をキョウの部屋に持ちこむことができた。そのほとんどが、裁縫道具である。

ルームメイトの迷惑にならないようにと、アスカは毎晩キョウの部屋で裁縫作業をおこなっていた。

「これからおもしろくなりそうだったのに、残念だな」

アスカは何事もなかったかのように、縫い物を再開する。

「担任不在だと、なにかと大変になるんじゃないか？」

「さぁ。俺は魔法使いなんて興味ないから、ほかの担任でも構わないよ」

「……マ組生の兄の前で言うなよ」

もう一度セントラルガーデンを見下ろしたキョウは、金色の長い髪が風になびくのを見て、ふっとほほ笑んだ。ユズならきっと、最後にどんな会話をしたのか教えてくれるだろう。またようすをうかがいに行かねば。

「キョウ。ユズの好意を利用するようなことは」

「わかってるよ。僕はアスカほど悪いやつじゃない」

円形広場をでていくクルミたち三人のすこしうしろに、一匹の犬が座っている。校内でときどき見かける、毛艶のいい茶白の犬だ。

犬は、ミナミ先生が飛び去った方角を見上げているように見えた。その隣に、今度は真っ白な猫がやってくる。

「あれは……保健室の？」

「ん？」

キョウのつぶやきに気づいたアスカが、縫い物の手を止めて窓の外に目を落とす。しかしそこにあるのは、夜風に草花を揺らす無人のガーデンだけだった。

#05 完歩をめざせ！ レットラン名物 強歩大会

レットランには、一般的な学校と同様にいくつかの恒例行事がある。なかでも新入生の力試しとして注目を集めるのが、一・二年生でおこなわれる強歩大会だ。

「今年もやってまいりました！」

生徒会副会長ソフィア＝スワンのすんだ声が、さわやかな秋晴れの空に吸いこまれていく。

「レットラン名物、クラス対抗強歩大会！　解説席には校長先生に来ていただきました」

「おはようございます。みなさん、今年もはりきってゴールをめざしましょう！」

開会式の会場であるセントラルガーデンには運営役員や救護班のテントが立ちならび、空中に浮かんだ巨大モニターには、クラスごとに円陣を組むジャージ姿の生徒たちが映しだされている。

そんななか、唯一まとまりがないのが一年一組である。なんとなく集まってはいるものの、円陣の中心にいるはずの担任がおらず、士気もない。

あの夜から二週間たっても、ミナミ先生は戻らなかった。学校からの説明もないため、生徒たちの不満はたまる一方だ。

「今日も結局、ミナミ先生は来ないんだね」

サリィが心細そうに、ほかのクラスの円陣を見つめている。

「理由も言わずにこんなに休むなんて、さすがに無責任じゃないか？」

不満そうなテツの言葉に、周囲の生徒が「そうだそうだ」と声をあげた。

「コース説明すら受けないまま参加することになるなんてな」

あの夜のようすからして、やむをえない事情があったのはまちがいない。しかし、クラスのみんなを納得させられるような情報を持っているわけでもないクルミは、黙って聞くことしかできない。

「あら、私は体調不良だって聞いてるけど？」

不穏な空気をかき消したのは、ユズだ。

「かなり悪いみたいで、授業にでられる状態じゃないんですって。命に別状はないから、落ち着いたら戻るそうよ。でしょ？」

ユズが同意を求めるようにクルミとマキを見る。

「あ、うん！　そうそう」

クルミとマキがそろってうなずくと、クラスメイトたちは「授業にでられないって、やばくない？」「大丈夫かな」と心配を口にしはじめた。クルミはユズの機転に感心すると同時に、どうして自分にはああいう言葉が言えないのかと、すこし落ちこむ。

「それで？　もう全員そろったのかしら」

クラスメイトから問いただされる前に、ユズがさっと話題を変える。隣でまじめに人数を数えていたミカーナが首を振った。

「一人足りないわ」

「アスカ君がいないですぅ！」

クルミもはっとしてあたりを見回す。面倒くさいことから逃げがちなアスカだが、まさかこんな大きな行事までさぼるなんてことは――。

「いたぞ！」

ドクの声に振り返ると、すこし離れた茂みが揺れ、仏頂面のアスカがでてきた。

「とうとう、これを着なければならないのか」

自信と余裕にあふれたいつものオーラが消えている。なんだかアスカらしくない。首をかしげるクルミの横で、マキがふっと笑った。

「アスカがスクールジャージねぇ……」

「あぁ！」

違和感の理由がわかったクルミは、ぽんと手をたたいた。

「なんか雰囲気ちがうと思ったら、ジャージだからか！　アスカ君のジャージ姿って……なんだかすごく、新鮮だね」

普段はアスカの前だと緊張してしまうクルミだが、ジャージ姿ならそこまででもない。毎日ジャージを着てくれたら、もっと自然にしゃべれるのに……とさえ思うが、制服をアレンジするほどファッションにこだわりを持つアスカにとっては、えんじ色に白ラインの入った《いかにも》なスクールジャージは、耐えがたいものらしい。

「さすがのファッショニスタも、ジャージの着こなしには限界があるんだね」

ニヤニヤと笑うマキの隣で、ユズまで笑いをこらえている。

「本人なりに、がんばったみたいだけど」

「そうですよ！　あのステッチとか、あのスリットにも、努力のあとが見られるですぅ」

たしかに、ジャージの前後には丁寧な刺しゅうがほどこされ、ズボンの裾はスリットを入れてフレアパンツにアレンジしている。クルミにはぜったいに思いつかない発想だ。

「もう、放っておいてくれよ」

耳を真っ赤にして消え入りそうな声をだすアスカが妙にかわいくて、クルミはゆるむ頰をごまかそうと下を向いた。

「それでは、ルールとコースを説明します！」

強歩大会のルール説明がはじまった。担任不在のせいで事前情報を持たない一年一組はすぐに雑談をやめ、真剣な顔でモニターのソフィアを見上げる。

「順位は例年と同じく、各クラス上位半分のゴールタイムの平均で決めます」

どうやら全員がゴールをする必要はないらしい。勉強と体力にはぜったいの自信があるクルミだが、運動自体はあまり得意ではない。万が一ついていけなくなっても足をひっぱる心配がないことに、クルミはほっとした。

つづく校長の言葉に、周囲の普通科生から盛大なブーイングがおこる。

「ちなみに、ここはレットランです。当然、移動手段は問いません！」

「どういうことだ？」

「ドローネでひとっ飛びじゃないか！」

「まさか、マ組は魔法が使えるってこと？」

ショックを受けるテツ・ドク・マイクに、ユズが残酷な事実を伝えた。

「歴代優勝・準優勝はすべてマ組だそうよ」

「飛んだら、強歩大会じゃないぞぉ〜♪」

ドクのテノールが広場中に響き、周囲の普通科生から拍手が沸きおこる。

しかし、校長先生とソフィアによるコース説明がはじまるとすぐにブーイングはやんだ。勝ち目がないとわかっていても、みんな真剣だ。

「まずは正門前をスタート。最初の難関はひょうたん湖《こ》です」

「右回りか、左回りか……どのように進むかがタイムに大きく影響しますからね」

「そうですね。ちなみに校長先生、湖の上空をドローネで飛び越えようとするマ組生が毎年あとを絶ちませんが……」

「しかし渡りきった生徒は過去に一人もいません。ひょうたん湖は別名《ドローネの墓場》とも言われています。上空に謎の乱気流が発生するため、飛ぶことができないのです。毎年そうお伝えしているのに、なぜかみなさん、上を飛びたがりますねぇ」

クルミは上空モニターに表示された地図を見た。中央に大きく横たわるひょうたん湖は、たしかに上を飛び越えたくなるほどの広さだ。クラスの上位半分が早ければいいのだから、マ組生の何人かが脱落覚悟で挑戦する気持ちもわかる。

「ひょうたん湖のあとは、ノボリーナの丘の急こう配がつづきます。丘を越えればチェックポイント。正午までにクラスの半分以上が通過できない場合、そのクラスは失格です」

足切りがあるというのも初耳だ。ほかの普通科クラスの平然としたようすを見て、知らなかったのは担任不在の一年一組だけなのだと悟った。

「チェックポイントの次は、オッカネー湿原です。なにが起こるかわからない、おっかなーい湿原ですので、充分な対策が必要ですね、校長先生」

「そうですなぁ。そもそも湿原の足場が悪いこともあり、空を飛べるマ組生以外は毎年ほとんどがここで脱落していますね。しかし、あきらめる必要はありません！　今年こそ、普通科生のがんばりを期待していますよ！」

「そう思うなら、ドローネの使用を禁止にして平等にしてくれればいいのに」

マキの文句に同意しつつも、クルミはこれこそレットランだと感じていた。持てるすべての能力を発揮するためのイベントだ。ドローネを使えないハンデにも、きっと意味があるはず。そう思うと、負けず嫌いのクルミはがぜんやる気がでてくる。

「湿原を越え、タイヤガラの滝にたどり着けば、そこがゴール！　半数以上がゴールできたクラスには、ふもとのレットラン温泉合宿所でごほうびステイが待っています」

「温泉～！　やばい、泊まりたい！」

「ごほうびステイってことは、やっぱり食事もスゴイのかな」

ソフィアの発表にマキとサリィがうきうきしているが、たどり着くだけでいいということは、それだけ到着がむずかしいということでもある。担任不在のせいでなんのアドバイスも受けられないクルミたち一組は、あまりにも不利だ。

「せめてゴールはしたいわね」

弱気になりかけたクルミだったが、真剣な顔でつぶやくユズを見て、気合を入れなおす。

クルミだってもちろんゴールしたい。叶うなら、一つでも上の順位で。

「どうせタイムアップで足切りだよ」

そんな二人のやる気を根こそぎうばうかのように、テツが嘆いた。

「ミナミ先生も負けがわかってるから、平気でひと言もなく休めるんだろ」

「テツの言うとおりだ。たとえ病気でも、応援する気があるなら伝言くらい送れるさ」

テツとマイクの言葉を受け、クラス全体に暗い空気がたちこめる。

「俺たちを魔法使いにするとか大口たたいておいて、無責任だよなぁ〜♪」

クラスに同意を求めるようなドクの言葉に、クルミとマキは顔を見合わせ、ため息をついた。

何度も助けてくれたミナミ先生が、無責任な人であるはずがない。それはわかっているのに、かばう材料もない。

なにも言えないもどかしさで、クルミの気持ちがしぼんでいく。追い打ちをかけるように、隣の円陣からノーザン先生の声が聞こえてきた。

「われわれのライバルは、二年マ組だ。つまり、めざすは優勝のみ。わかっていますね」

「はい！」

よくそろった歯切れのいい返事が、一年一組をより不安にさせる。

「やっぱりキョウが個人優勝かしら」

「僕はただ、精いっぱいやるだけだよ」

クラスメイトの期待に涼しい顔で答えているキョウの余裕が、クルミには恨めしい。

「まもなく九時、スタートの時間です。今年のスターターは、一年マ組、ノーザン＝ハリス先生と使い魔の愛子ちゃんにお願いします」

にぎやかだった広場がしんと静まり、緊張感につつまれた。

「みんな、最初はスピードをあげていきましょうね！」

ユズの声にレモーネやミカーナなど数人が応じたが、テツたちはしらけた表情で首を振るだけだ。こんな空気では、本当に足切りになってしまう……そう思っていても、クルミにはみんなをどう励ませばいいのかわからない。

「よーい」

ノーザン先生の低い声が響く。いよいよだ。

「さ、愛子」

「え？」

「は？」

スタートの号令かと思いきや、ノーザン先生が呼んだのは使い魔の名前。

生徒がぽかんとしているうちに、カピバラの愛子がノーザン先生の魔法手帳をタップした。

盛大な花火が打ち上がると同時に、生徒たちがいっせいに歩きだす。

「クルミ、行こう！」

マキに急かされ、花火を見上げていたクルミもあわててスタートする。

「今年は、愛子ちゃんとの共同作業でスタートです！　おっと、マ組はさっそくドローネで飛び立ちました」

クルミが顔をあげると、ドローネ集団の先頭にトラン会長が見えた。

「昨年個人優勝の二年マ組、トラン＝アマサです！　おっと、一年マ組のキョウ＝クルマル、エリカ＝ヒューズがつづきます」

エリカはマ組次席の生徒だ。先ほどキョウに個人優勝だと話しかけていたが、自分もしっかり好位置をキープしている。

悠々と飛ぶ姿に悔しさはあるけれど、一年生が活躍すること自体は嬉しくもある。

クルミは、あっという間に飛び去っていくドローネたちに「いってらっしゃい」と手を振った。

「こちらはひょうたん湖前広場です」

会場の放送が、司会から別のレポーターに切り替わる。各所で運営をサポートしているのは、競技に参戦しない三年生だ。

「さっそく先頭集団がやってきました」

クルミたちはまだ学校の正門をでたばかりである。どれだけ必死で歩いても、やはり空を飛ぶドローネとの差は大きい。

「生徒会長トランは、ひょうたん湖を右回りで飛ぶようです。つづく一年のキョウとエリカは、左を選択しました。これが吉とでるのか、凶とでるのか……《キョウ》だけに《凶》なんてことがないことを祈りたいですね」

「イヤなことを言うレポーターだな」

斜め前を歩くアスカの言葉に、クルミは思わず笑みをこぼす。クールなアスカにも、兄弟愛はしっかりとあるようだ。

「俺たちはアンダンテで行こうぜ～♪」

「おお、のんび～り～」

ドクのへんな歌にテツとマイクが調子を合わせる。マ組生はドローネで個々の速さを競っているが、普通科生は、どのクラスもまとまって歩くのがセオリーらしい。

「サリィ、荷物重くない？」

一人大きなリュックを背負ったサリィを気遣い、マキが声をかける。

「大丈夫だよ、マキちゃん。このなかには幸せがつまってるからね」

背中からはみだすほど大きなリュックは、まるまるとふくらんでいる。ほとんどの生徒が水筒とタオルが入るだけのナップサックなのに、サリィだけやけに大荷物だ。クルミが中身についてたずねようとしたそのとき、うしろから肩をたたかれた。

「ねぇ、ミライさん」

「ユズさん？」

レモーネとミカーナはすこしうしろを歩いている。クルミに用があるのはユズだけのようだ。

「あなたは、ミナミ先生のこと信じる？」

「え？　もちろん」

「――そう」

クルミには、あの夜の古代魔法の話だとすぐにわかった。

「ユズさんは信じてない？」

「古代魔法がそんなに単純なものだとは思えないわ」

ユズはまだとまどっているらしい。でも、ミナミ先生はユズならきっとできると言っていた。これまでの強い想いと努力があれば、と。

「わたしはね、信じるというより、すっごいワクワクしたかな」

「え？」

「だって、古代魔法を使えるようになったら、普通科のわたしも魔法使いになれるかもしれないでしょ」

「でも、そんなことって……」

「あるんだよ。ミナミ先生が証明してくれてるじゃない。魔法手帳がなくても魔法を使えるって」

「……」

ユズはまだ、あの感覚を知らない。魔法が発動する直前の、からだ中の細胞が沸き立つような、全身でパワーを受け取るような、あの感覚。きっと、魔法手帳に頼っているマ組生や魔法使いも知らないだろう。

あれを一度でも味わえば、古代魔法が夢物語なんかじゃないとわかるはず。

「わたしは、信じてがんばるよ。だって今も変わらず、魔法使いになりたいもん」

目をキラキラとさせてユズに語りかけるクルミは、頭上から自分を見つめる視線にまったく気づいていなかった。

視線の主は、部活紹介の日に講堂前で会ったあの少年だ。高い木の枝に腰かける少年の隣には、保健の猫先生もいる。

「どうせなら、ちょっとおもしろくしたいよね」

「ニャ？」

「ミナミ＝スズキもいなくなったことだし。クルミお姉ちゃんを応援しちゃおっかな」

「ニャムゥ」

猫先生はあまり賛成していないようだが、構わず少年は立ち上がった。右手を掲げた先に魔法陣が浮かび上がる。

「大丈夫、危険なことはしないよ。けが人がでたら、きみの仕事が増えちゃうもんね」

少年の描いた魔法陣に紫色の魔素が吸いこまれていく。猫先生は大きなあくびを一つして、そのようすを見守っていた。


「ひょうたん湖、とうちゃーく！」

スタートから九十分、一年一組がようやくひょうたん湖前広場に到着した。普通科全十六クラスのなかで五番手とまずまずの好位置だったが、マ組生はすでに一人もいない。とっくにドローネで飛び去ったのだろう。

「右と左、どっちのルートが早いんだろう」

「左右対称のひょうたん型だし、真ん中を突っ切れたら早いんだけどねぇ」

マキの言葉にクルミが地図を見ながら答えていると、近くにいたドクが「無理むりぃ〜♪」と歌いはじめた。

「どっち回りでも無理〜♪」

「だよな。どうせマ組に勝てないなら、これ以上がんばる意味もないだろ」

マイクの言葉に、周囲の生徒も大きくうなずく。一時間半も森を歩きつづけ、すでにみんなくたくただ。

「じゃあさ」

そこへ到着したサリィが、ようやく背中の荷物をおろした。

「みんなでお弁当にしない？」

リュックから取りだしたのは、大量のおにぎり、からあげ、サンドイッチ。カットフルーツもふんだんにある。

「みんなお腹すくかなって思って、食堂の厨房を借りたんだぁ」

「サリィ様！」

「今日も女神がまぶしい」

みんなが大喜びしている。食べている場合ではないが、だからといって今すぐ出発したとしても、あと九十分でひょうたん湖とノボリーナの丘を越えられる可能性は低い。ごほうびの温泉スティも難しい今、たしかに焦るより楽しむほうがいい思い出になりそうだ。

クルミは迷いながらも、サリィからおにぎりを受け取った。クルミの大好きなツナマヨだ。サリィはクラスメイトの好物まで把握してくれている。

結局、サリィの用意したピクニックシートにみんな座ってしまった。疲れたからだに、サリィの手料理がしみわたっていく。

「サリィと同じクラスでしあわせ〜」

クルミがとろけそうな顔で言うと、ほっぺをふくらませたマキがうんうんとうなずいた。

「アスカ君、食べないのぉ？」

サリィが離れて座るアスカに声をかける。

「呼ぶな、ジャージ姿の俺なんてどうせ……」

まだジャージにいじけているらしい。

「こんなにおいしいのに」

クルミはフンと鼻をならし、サンドイッチに手をのばした。いつもとちがう自信のない姿もかわいいと思っていたが、さすがに卑下《ひげ》しすぎだ。

「アスカ君は、ジャージ姿でも充分かっこいいのに」

一瞬、自分の口からこぼれたのかと思った。まさに今、クルミが思い浮かべていた言葉だったからだ。

しかし実際に言ったのはレモーネだった。ちらりとレモーネを見ると、自分の言葉に恥ずかしがるでもなく、いつもと変わらぬようすでユズに声をかけている。

「ユズ様、もう食べないんですか?」

ひと口だけかじったサンドイッチを手にしたユズが、しずんだ顔でうつむいている。

「……ユズ?」

隣にいるミカーナも心配そうにユズの顔をのぞきこんだ。

「私たち、本当にゴールをめざさなくていいのかしら」

意を決したように声をあげたユズに、マイク・テツ・ドクが答える。

「いいんだよ~♪」

「楽しいのが一番」

「そのとおり!」

ほかのクラスメイトも、満足そうな顔をしている。適度な運動に、湖を見渡せるロケーションでのおいしいお弁当。これ以上望むものはないと、クルミでさえ思っている。

「でも、私たち一年一組の、はじめてのクラス対抗行事よ?」

みんながユズの言葉にとまどっていた。むだなことを嫌うユズが、学校行事に熱さを見せるとは思いもしなかったからだ。

「私たち、こんな風にだらだらと過ごすために、あんな努力を重ねたの？」

「え」

反論しかけていたマイクが虚《きょ》を突かれた顔で固まる。

「遊ぶ時間まで全部勉強につぎこんで……その先にあるのがこんな適当なことで、本当に後悔しない？」

「それは」

テツが苦しそうな顔をする。テツだけじゃない。クラス全員が、つらかった受験生時代を思いだして表情を曇らせている。

「どんな行事だって、合格したからこそ味わえる貴重な機会でしょう？」

その言葉に、全員がはっとした。自分たちには、涙をのんだ仲間がいる。学校生活に慣れていくなかで、みんなそれを忘れかけていた。

「そっか……うん、そうだよね」

マジックス出身ではないクルミだって、みんなと同じ気持ちだ。死に物狂いでつかんだこの場所で、むだにしていいものがあるはずもない。

「そうだな。だせぇのはジャージじゃなくて、俺たちだ」

うずくまっていたアスカも立ち上がり、ジャージの前チャックをあげた。

「最初からあきらめてたら、落ちたやつに二度と顔向けできないぞ」

そのひと言で、クラスの空気が変わった。みんなの瞳に輝きが戻っている。

「なんかいい案ないかな」

さっそくマイクが、地図を持ってクルミのところにやってきた。

「鉄壁の頭脳で、俺たちをゴールへ連れてってくれよ」

「そんな無茶な」

クルミは苦笑しながら、マイクの地図をのぞきこむ。

「三十分でひょうたん湖を越えなきゃいけないとなると……」

みんながクルミの周りに集まってきた。どの顔も真剣だ。

クルミはペンを取りだし、大きく横たわるひょうたん湖にまっすぐな線を引いた。

「え？」

「どう考えても、真ん中を突っ切るしかないと思う」

「えぇ!?」

「ひょうたん湖はまっすぐ行けないって話じゃなかった？」

不安そうにたずねるサリィに、クルミは自信を持って首を振る。

「校長先生が言ってたのは、上空の話でしょ？　わたしたちは水面を行くから、乱気流の影響もない。地図の縮尺からざっと計算してみたけど、まっすぐならせいぜい二キロ程度だから、なんとかなるよ」

「なるほど」

「さすが、計算も早いな」

マイクとテツが真剣に地図を見つめている。

「でも、どうやって突っ切るの？」

マキの問いかけに、クルミは頭をひねる。

「カエルみたいに泳ぐ……とか？」

「無理むりぃ～♪」

ドクが大袈裟に叫んだ。あいかわらず、そのテノールはよく響く。

「俺は泳げないんだよ～♪」

「水着もないですぅ」

「レモーネ……水着があったって、この距離は泳げないでしょう」

ミカーナの冷静なツッコミに、レモーネが「そうでしたぁ」と落ちこむ。

「そうね。船でもあればいいんだけど」

ユズの言葉に、アスカがはっと顔をあげた。

「あれなら、もしかしたら……」

「なにか案があるの？」

「あぁ。前にこの辺を散歩したときに見つけたんだ」

アスカの案内で湖のほとりを進んでいく。しばらく歩くと、木のかげに舟乗り場を見つけた。古びた木小屋と桟橋には、直径二メートルほどの木製のたるが三つならんでいる。だいぶ年季が入っているが、腐ってはいないようだ。

「全員は無理だけど、とりあえず半分の九人が乗れれば問題ないだろう？」

「たしかに……三人ずつならいけそう」

マキがこくりとうなずき、たる舟に手をかけた。

「よし、私は乗るよ。ぜったいに三十分で渡り切って、正午までにチェックポイントを通過しよう」

「わたしも！」

「私も行くわ」

クルミとユズが同時に手をあげると、ミカーナとレモーネが「ユズが行くなら」「ユズ様についていくですぅ」と急いで手をあげる。

「じゃー、せっかくだし俺たちも行くか？」

テツの言葉に、マイクとドクがうなずいた。アスカを入れれば、これで九名だ。

「みんな、がんばってね！」

ほかの生徒からも異論はでなかった。サリィが出立組におにぎりを二つずつ持たせてくれる。

どこまでも女神だ。

「フレー！　フレー！　一組!!」

「いってきまーす！」

さっきは、ドローネで飛んでいくマ組生に「いってらっしゃい」を告げた。しかし今度は見送られる番だ。桟橋から手を振るサリィたちに、クルミは大きく手を振って応えた。

「マキ、大丈夫？」

「バランスとるのは難しいけど、ちょっとおもしろいかも」

「マキったら、こんなときまで楽しんで……」

「ユズもやればわかるって」

ユズはいつもの二人と離れ、クルミとマキのたる舟に乗っていた。ユズたち三人では漕《こ》ぐ力が不安だからだ。レモーネとミカーナの舟にはアスカが乗り、猛スピードでオールを動かしている。クルミたちは、腕力にも持久力にも自信があるというマキに最初の船頭を任せた。ダンスで鍛えた筋力は相当なものだ。

すこしうしろにはにぎやかに歌いながら進むマイク・テツ・ドクがいる。いつもと変わらずマイペースな三人の姿に、クルミはふふっとほほ笑んだ。

そのころ、ノボリーナの丘を越えたチェックポイントには早くもマ組生が近づいていた。レポーターの拡張された声が、クルミたちのところにまで響いてくる。

「こちら、チェックポイントです。遠くにドローネを確認しました。先頭を行くのは……トラン＝アマサ！　しかしすぐうしろに、キョウ＝クルマルが迫っています。おっと、キョウが前にでた……おや？」

肝心なところで音声がとぎれる。

「もう、キョウが前にでてどうなったのよ！」

ユズがやきもきしているが、なかなか放送が再開されない。なにか事故でもあったのかとクルミたちが不安になりかけたそのとき、ようやく音声が流れはじめた。

「失礼しました。どうやらドローネが失速しています。キョウとトランにつづき、三番手のエリカ＝ヒューズまで着陸してしまいました。魔法手帳で回復を試みているようですが、まだ飛び立ちません」

「大丈夫かしら」

先ほどまで怒っていたユズが、今度は不安でおろおろしはじめる。

「ケガしたとは言ってなかったから、キョウは大丈夫なんじゃない？」

「キョウだけじゃなくて、もちろんエリカもトラン先輩も心配してるのよ」

からかうような口調でニヤニヤするマキに、ユズがむっと言葉を返す。

「ほら、もう着くよ！」

オールを持つクルミは、前方にある小さな桟橋をさした。

「よかった、クルミの言うとおり、水面ならまっすぐ進めたね」

「もしかしてこのたる舟、普通科救済のために用意されたものかしら」

あきらめていたら、たる舟にはたどり着けなかった。声をあげたユズと、アスカの視野の広さに感謝しかない。

「やった、ショートカット作戦大成功！」

桟橋でぴょんぴょんはねるクルミとマキの隣で、ユズが「揺らさないで！」とあわてている。

先に到着していたミカーナとレモーネがすぐにやってきて、ユズを陸までエスコートしていった。

「イエーイ！」

ハイタッチをしているマイク・テツ・ドクに、陸にあがって調子を取り戻したユズが冷たい視線を浴びせる。

「喜ぶのは早いわよ」

「え？」

「あと四十分であれを越えなきゃならないんだから」

ユズがさしたのは難所の一つ、ノボリーナの丘だ。青草におおわれた斜面は、遠くから見ればつるりとした穏やかな丘に見える。しかし間近から見ると、かなりの急こう配だ。整備されていない道にはごつごつと岩が突きでており、単純にかけ上がることも難しい。

「丘って、もっとなだらかなイメージだったわ」

「ここをのぼるですぅ？」

ミカーナとレモーネが絶望している。

「気合でかけ上がる……か」

クルミの発言に賛同したのは、ユズだけだ。

「そうね。チェックポイントは丘の向こうなんだし、走るしかないわ」

「この坂を見たら、もうなにもかもどうでもよくなりそうだ……」

一方のアスカは、丘を見上げてげんなりしている。

ほかのみんなも同じようなもので、四十分で走りきれると考える者は一人もいなかった。クルミもユズも、本当はわかっている。それでもがんばってみたいのだ。

「……そうだ」

考えこんでいたテツが顔をあげた。

「たしかに、あきらめるにはまだ早いぞ」

テツにうながされ、クルミは持っていた地図をひらく。

「もしかしたら、廃線トンネルが残っているかもしれない」

「ここに鉄道がとおってたの？」

「あぁ。昔はレットランまで魔法鉄道が走ってたんだよ。ドローネの普及で廃線になっちゃったけど」

テツがノボリーナの丘のふもとに印をつけた。ここからそう遠くない場所だ。

「たしかこの辺りを走ってたと思う。トンネルさえ見つかれば、丘をのぼらず一直線にチェックポイントまでいけるぞ」

全員の目が輝いた。アスカまで嬉しそうな顔をしている。

「でかした、テツ！」

「あなたの知識に助けられたわね」

「すごいですぅ」

みんなからの賛辞に照れつつも、テツはきゅっと顔を引きしめた。

「喜ぶのは早い。短いトンネルじゃないから、急ごう」

テツを先頭に、そろって歩きだす。

すこし道を外れると、雑草が生い茂っていて歩きにくい。丘のふもとに生えている木のせいで、目視で探すことも難しい。

「これってもしかして、線路かしら？」

トンネルを見つけるよりも早く、ユズが雑草まみれの線路を見つけた。

「よし、このままたどろう」

線路は丘の右側へとつながっている。テツを先頭に五分ほど歩いたところで、クルミたちはようやく、木々に隠されたトンネルを見つけることができた。

トンネルのなかは、真っ暗でカビくさい。長らく使われていないからか、レンガ造りの壁がところどころ崩れている。クルミは線路の感触を足でたしかめながら、一歩ずつ慎重に進んだ。

時折、コウモリがバサバサと羽音をたてて顔をかすめていく。

「ひぃっ！」

ユズが物音に悲鳴をあげるたび、ミカーナが
「大丈夫、落ち着いて」

と声をかけた。どうやらユズは、暗いところが苦手らしい。

「あれ、なんか明るい……？」

しばらく進んだところで、マキが足を止めた。すこし進めば真っ暗になると思っていたのに、足元の線路やレンガの壁がずっと見えている。目が慣れてきたのだろうか。

「アスカ君が光ってるですぅ！」

レモーネの声に、全員が最後尾のアスカを振り返った。

「わっ！」

「まじか！」

マイクとドクの笑い声がトンネル中にこだまする。

「そんな所まで、アレンジしてたの？」

マキのあきれ声に、クルミも思わず吹きだしてしまう。

アスカのジャージの白いラインが、暗やみで光るテープに縫い直されていたのだ。アスカが動くたびに、緑色の光がコミカルに動く。

「ファッションは二十四時間、眠らねぇ！」

アスカがそう叫んでポーズを決めたところで、とうとう全員がお腹をよじって笑いはじめた。暗がりにおびえていたユズまで爆笑している。

「アスカ君は本当に、なにをしてもかっこいいですぅ！」

いつものアスカらしくない行動は意外だったけれど、クルミもレモーネと同じ気持ちだった。キャラをかなぐり捨ててまでみんなを明るくするなんて、なかなかできることではない。

トンネルに萎縮していたみんなの足どりが、アスカのおかげで一気に軽くなった。

「アスカが先頭歩いてくれて助かるよ～」

最後尾に移動したテツが、光で先導するアスカに声をかける。

「俺のファッションにむだな装飾は一つもないんだよ。全員、フォローミー！」

「フォローユー！」

変なテンションだけど、楽しい。クルミははじめて感じる友人との一体感が心地よくて、トンネルを抜けるのが惜しいとさえ思った。

それでも、残念ながら終わりは来る。

「出口だ！」

遠くに白い光を見つけたマキの声に、全員が歓声をあげた。

「やっとでられるのね……」

暗やみを怖がっていたユズは、ほっとしている。

「アスカ君、ありがとう！」

クルミのお礼に、アスカはふっとほほ笑んだ。その顔は、カッコよくてすこし近寄りがたい、いつものアスカだ。だけどもう、緊張はしない。

「こわかった……こわかった……」

「ユズ様、大丈夫ですぅ？」

「ほら、お水飲んで」

真っ青な顔でへたりこんだユズに、レモーネとミカーナがあわてて水筒を差しだす。どんな場所でも献身的な二人だ。

「ねぇ、あれ見て！」

ひと足早く先へと進んでいたマキが、クルミたちを振り返り前方の草原をさした。

そこには、不時着したドローネと格闘するマ組生が大勢いる。

「そういえば、ひょうたん湖を渡ってるときにドローネが着陸したとか放送があったな―」

マイクの言葉に、ドクがうなずく。

「全員のドローネが使い物にならなくなったのか～♪」

「ひょうたん湖の上を飛んだわけでもないのに……」

テツも首をかしげている。

「でも、俺たちにとってはラッキーだろ」

アスカがにやりと笑った。

「そうね。ドローネの調子が悪いなら、追いつくチャンスもあるわ」

ようやく顔色が戻ったユズが、ミカーナの手を借りて立ち上がる。クルミと目が合った。

「そのためには、足切りをまぬがれないと」

ユズと視線を合わせたまま、クルミはうなずいた。


「まもなく正午になります。原因不明のトラブルに見舞われたマ組生たちが、ドローネをかついで走っています。便利なはずのドローネも、飛ばなければただの足かせですね」

ひょうたん湖前広場では、サリィたち残留組がクラスメイトのチェックポイント通過を心待ちにしていた。

「今やっと、一年マ組・二年マ組が半分通過しました。ドローネのトラブルにより、例年になく遅いタイムです……ん？　あれは？」

レポーターの声がとぎれる。サリィがはっと顔をあげた。

「大変です！　普通科一年一組の生徒たちがやってきます！　なんと半分通過！　一年一組がチェックポイントを通過しました！」

わぁっとみんなが歓声をあげる。サリィは両手を組んで、祈るようにぎゅっと目を閉じた。

「みんな、がんばって……私、温泉のごはんが食べたいの！」

「それにしても校長先生。普通科の生徒がこんなに早くチェックポイントを通過するとは驚きです」

「そうですなぁ。ドローネの調子が戻らなければ、逆転もありえますよ」

本部席にも、驚きの声があふれていた。一年マ組のノーザン先生も、中継映像を見て固まっている。

「普通科生は魔法がないからこそ、広い視野で日ごろから情報収集をおこない、自らの糧にしていかなければなりません。今年の一年一組はきっと、それをやってのけたのでしょうね」

校長先生の言葉に、隣のソフィアがうなずいた。

あえて公表はしていないが、強歩大会攻略のヒントは学校にも現場にもいくつも散りばめられている。それを見つけ、生かせるかは本人たち次第だ。

「しかし、つづくオッカネー湿原も難しいエリアです。沼は深く、なにが埋まっているかもわかりません。徒歩での横断はかなり困難となるでしょう」

ソフィアの説明は、チェックポイントを通過したクルミたちの耳にも届いていた。

「オッカネー湿原ってあれだよね」

前方には青々とした平野が広がり、ところどころにある水たまりが青空を映している。見るだけならおだやかで美しい光景だ。

「マ組がまだいるぞ～♪」

ドローネをかつぎながら歩くマ組生を見つけ、一組のみんなが喜びの声をあげた。

「あんな大きなもの持って歩いてたら、かなりのロスよね」

「ユズ様、追い越せるかもですぅ！」

「おーい！」

先頭集団に向かってアスカが声をかけると、そのなかにいたキョウが立ち止まり、こちらへ歩いてくる。

「アスカ？　どうして……」

「気づいたら、みんなとここまでたどり着いてたよ」

キョウが驚いて目を見開く。

「ドローネもなしにか？　すごいな……ジャージもちゃんと着てるし」

「ダサかったのはジャージじゃなくて、俺の心だったんだ」

「は？」

「俺はもう、ジャージと和解した。キョウ、お前も常識にとらわれるなよ」

とまどった表情を浮かべたキョウだったが、しばらく考えてから納得した顔でうなずいた。

「あぁ、そうだな。僕たちもがんばるよ。ユズも、ゴールで会おうな！」

最後にユズにほほ笑みかけたキョウは、すこし先で待っていたマ組生のもとへかけ戻っていく。

それを見送るユズの耳は真っ赤だ。

「ホントにわたしたち、優勝狙えるかも？」

「うん！　あとはこの湿原を越えれば」

クルミとマキは手を取り合ってキャッキャとはしゃいでいる。そんな二人に冷や水を浴びせたのは、真顔のアスカだ。

「ファッショニスタの俺が、一滴の泥水もつけずにわたる方法を考えるぞ」

本気とも冗談ともつかないアスカの言葉に全員があきれかけたとき、ブウンと大きな音が近づいてきた。マ組のドローネだ。

「悪いな、アスカ！」

「キョウ!?」

「ドローネが復活したのよ」

キョウのうしろでエリカ＝ヒューズが勝ち誇った笑みを浮かべている。

「みなさん、お先に〜」

「ユズもがんばれよ！」

二人は見せつけるようにクルミたちの頭上を一周し、オッカネー湿原の上空を飛び去っていった。ドローネをかついでいたマ組生たちも次々と飛び立ちはじめる。

「優勝、狙えるかと思ったのに……」

「やっぱり普通科には無理なのか」

マイクとテツがしょんぼりする横で、ドクが「なんてこった〜♪」と気持ちよく歌っている。盛り上がるのもあきらめるのも早い三人に、クルミは思わずため息をつく。

そのとき、しゃがみこんでいたマキが足元の丸い葉をぷつりと摘んだ。

「ねぇ、見て。タンバリン草をつかえば、歩いてわたり切れるかも」

直径三十センチほどの円形の葉が、沼地のあちこちに浮いている。五センチほどふちが立ち上がっており、その形はまさにタンバリンだ。

「片足に体重をかけちゃダメ。アメンボみたいに、水面を滑らせて進むんだよ」

タンバリン草に足を乗せ、マキの指導でゆっくりと進みはじめる。最初こそおっかなびっくりだった九人だが、タンバリン草の浮力は想像以上で、すぐにコツをつかむことができた。

「マキ、すごい！　よく思いついたね」

「これぞ、タンバリンダンサーの知恵！」

「ここまで来たら、どんな姿になっても乗り越えてやる」

真剣な表情で足を動かすアスカの姿に、クルミの心がくすぐったくなる。一生懸命なアスカを見ていると、不思議と元気がわいてくる。

みんなで励まし合いながら必死で足を動かすうちに、周囲の雰囲気が変わってきた。うっすらと霧がでているのだが、妙に暗い。

「ユズ様、あそこ！」

レモーネがさしたほうに目を向けると、水面に大きな渦《うず》ができている。

「まさか、オッカネーホラーナ？」

「なにそれ？」

たずねたマキに、ユズが答える。

「オッカネー湿原の名前の由来ともいわれる現象よ。普段は静かな湿原だけど、ときどき大きな渦ができてすべてを飲みこむと言われている……」

「わっ、ここすげぇ！　方位磁針がぐるぐるだ」

マイクの手にある方位磁針が、高速で回転している。

「ゼロ磁場!?」

険しい顔をするアスカの隣で、クルミはマキと顔を見合わせた。

「これってもしかして」

「魔素の噴出口……？」

気づけば周囲の霧が濃い紫色にかわっている。その発生源はまちがいなく、渦の中央だ。

「やばい、飲みこまれるぞ！」

テツの声に、考えこんでいたクルミははっと顔をあげた。すこし先にあったはずの渦が、いつの間にか大きく目の前に迫っている。

「逃げろ！」

アスカの呼びかけに、みんなあわてて動きだす。泳げないというドクが必死の形相で先頭を移動しているが、たとえ泳げたとしたって、あの渦に飲みこまれて無事でいられるとは思えない。

「ユズ様！」

「早くこっちへ！」

渦の一番近くにいたユズに、レモーネとミカーナが手をのばす。しかし、渦がユズの足をすくうほうが早かった。

「ユズさんっ！」

クルミもあわてて手をのばすが、そのまま一緒に渦に飲みこまれてしまう。

「しずんだら終わりだぞっ！　タンバリン草の浮力で顔をだせ！」

アスカの叫び声を聞いた何人かが、あわてて足元のタンバリン草を胸に抱いた。もう、逃げられない。

「くっ……ユズさんっ」

ギリギリのタイミングでタンバリン草をつかんだクルミは、しずみかけていたユズを必死でつかむ。なんとか間に合った。

「げほっ」

「大丈夫？」

「えぇ、でもっ……」

二人で一枚のタンバリン草につかまり、周囲を見回す。すでに九人全員が渦に飲みこまれ、ぐるぐると回転していた。アスカの機転で全員タンバリン草を抱いているが、ここから逃れる方法がまったく思いつかない。

と、そのとき、クルミの胸元からぽんと大吉が飛びだしてきた。いつの間に入りこんでいたのだろう。タンバリン草の上にちょこんと座り、穏やかな目でクルミを見つめている。

――そうか。

「ユズさん、ちょっと支えて！」

ユズがクルミをうしろから抱きかかえるようにして、タンバリン草につかまる。からだが固定されたクルミは、ジャージのポケットから魔法ペンを取りだした。

『生まれた波動は、脳内に語りかけてくる』

ミナミ先生の言葉を思いだしながら、目を閉じて集中する。渦を構成するのは、水。逆回転の水流を発生させれば、流れが相殺《そうさい》される。水流を生みだすのに必要なのは、風……それとも火？

いや、水底から発生させるのであれば土の力も必要だ。

逆回転をイメージしながら、空中に波を描く。ペン先に沿って光の筋が生まれる。あとすこしで見えてくる気が――。

「だめだっ」

大きなうねりに気を取られ、魔法陣がかき消された。

「やっぱり、わたしじゃ……」

「あきらめないでっ！」

手を降ろしかけたクルミの耳元で、ユズの鋭い声が響く。

「芋掘りのときは、できそうだったじゃない！」

「でも、あのときは」

「同じよ！　あなたならできる。ミナミ先生を信じてっ……」

ごぶりと音がした。必死で叫んでいたせいで、ユズが水を飲んでしまったようだ。あらためて周囲を見回す。もう、みんな限界だ。

「もう一度っ」

クルミはふたたび目を閉じた。まぶたの裏に、アブニールの森が浮かぶ。おばあちゃんがおまじないを描いている。

『自然に身をまかせるんだよ』

からだ中の細胞が沸き立つ、あの感覚が来た。目を開き、もう一度魔法ペンをかざす。

水の魔法陣。

風の魔法陣。

土の魔法陣。

それらすべてに作用する、火の魔法陣。

「見えた！」

大きくペンを動かす。今度こそ、できる。みんなを助けるんだ――！

「って、間に合わなかっ……」

渦の中心に到達したクルミのからだが引きずりこまれるようにしずむ。うしろから支えていたユズの手が、クルミの腕をつかむ。

離れないように、二人は渦にもまれながらぎゅっと抱きしめ合った。

口から空気がこぼれていく――。


「あれは⁉」

次々とゴールするマ組生を迎えていたレポーターが、異変に気づいて湿原を振り返った。

一瞬遅れて地鳴りのような轟音が響く。

「か……間欠泉⁉」

大きな水柱があがると同時に、なにかがこちらに飛んでくる。

「魔法陣！」

すでにゴールしていたトランが、受け止めるための巨大な魔法陣を展開した。しかし飛んできたなにかは、手前の温泉にそのまま落下していく。

「うわぁ〜」

「きゃーっ」

「死ぬー！」

叫びながら落下した九つの物体が、温泉に大きな水柱をつくった。

「――なんと、ゴール！　ゴールです！」

レポーターが興奮して叫ぶ。周辺にいた教員とマ組生がかけ寄ると、温泉からざぶんと九つの顔がでた。

「強歩大会はじまって以来の快挙っ――普通科のゴールです！」

現場はもちろん、各中継地点からも大きな歓声があがる。

温泉につかったままの九人は、呆然とギャラリーを見つめた。

「ねぇ、今、ゴールって」

抱き合ったままのユズとクルミは、顔を見合わせる。

「わたしたち、ゴールまで飛ばされたみたいだね……」

「ユズさまぁっ！」

二人が喜ぶよりも早く、間にレモーネが割って入った。

「ふふっ……」

レモーネに抱き着かれたユズが、笑いだす。

「怖かったわね」

怖いと言いながら、ユズが笑っている。その顔を見て、クルミも急におかしさがこみあげてきた。

「うん、本当に怖かった」

けらけらと笑うクルミとユズを見て、マキとミカーナがほっと顔を見合わせている。マイク・テツ・ドクが立ち上がり、歓声にこたえるようにそろってガッツポーズをきめた。

「俺たちにふさわしい、派手なゴールだ」

いつの間にか目の前にいたアスカが、クルミに手を差しだした。どきどきしながらその手を握り、立ち上がる。

と、ぐっと引き寄せられた。

「……さっきの魔法陣、惜しかったな」

耳元でささやかれ、クルミの頬が一気に熱くなる。あいかわらず、距離感がおかしい。

さんざん動いたあとなのに、アスカからはクルミの好きなハーブと同じいい匂いがした。

真っ赤になるクルミを気にせず、アスカは近くにいたユズ・レモーネ・ミカーナにも同じように手を差しだす。

「みんなが待ってるぞ」

あんなにジャージを恥ずかしがっていたアスカが、堂々と顔をあげ祝福の輪に入っていく。その頼もしい背中にほどこされた繊細な刺しゅうを見た瞬間、クルミの胸がきゅんと締め付けられた。

心の底から着たくなかっただろうに、どんなモチベーションで刺しゅうのデザインを考えたのだろう。どんな気持ちで夜な夜な針仕事をしていたのだろう。

暗やみで発光していたアスカに、奇抜なジャージを着こなす華やかなアスカ——今日見たいろんなアスカの姿に、背を丸めてちくちくと針を動かすアスカが重なると、なぜだか胸が苦しくなる。

「ほら、クルミも行こう」

しばらくアスカを見つめていたクルミだったが、マキにうながされ、あわててそのあとを追った。

＊

「個人優勝おめでとう、キョウ」

「サンキュ、アスカ。でもそっちもすごかったじゃないか。まさかゴールで会えるとはね」

個人優勝がキョウ＝クルマル、トラン＝アマサは僅差《きんさ》で二位だった。三位はエリカ＝ヒューズだ。

全体では二年マ組が優勝し、一年マ組は準優勝となった。普通科からゴールにたどり着けたのは、一年一組のみ。普通科のゴールは史上初のことだ。あとから温泉合宿所にやってきた残留組にも、盛大に感謝された。

「ユズ、一緒に紅茶でもどう?」

温泉合宿所のカフェでアスカとくつろいでいたキョウが、近くをとおりかかったユズに声をかける。ユズは一瞬迷いを見せたが、首を振ってその場を立ち去った。

「フラれたな」

めずらしいものを見た、とアスカが笑うが、キョウは気にするようすもなく、いつもの笑みを浮かべながらカップを口元へ運んだ。

キョウの誘いを断ったユズが向かったのは、カフェからつづくテラスだった。一年一組が祝賀会を開いている宴会場の窓から、ここにたたずむクルミを見つけたのだ。

テラスから見下ろすオッカネー湿原に、大渦はもうない。水面が鏡のように夜空を映し、空と地の両方に星が輝いている。

「なにしてるの？」

「あ、ユズさん」

オッカネー湿原をぼうっと見つめていたクルミは、ユズの声に振り返った。

「せっかくゴールしたのに、ずいぶん暗い顔しているのね」

「うん……」

クルミは視線を戻し、静かになったオッカネー湿原を見つめる。昼間よりも冷たくなった風が、二人の間をとおり抜けた。クルミはぶるっとからだを震わせ、すんと鼻をすする。

「ミナミ先生に、感じをつかんでるって言われて、わたし、うぬぼれてたなって」

魔法発動の感覚は何度か味わった。まだ成功はしていないが、いざとなれば気合と根性で発動できるだろうと思っていた。

しかし、命の危険すら感じる場面でも結局、魔法を発動させることはできなかった。

「ちょっとおだてられたくらいで調子に乗って……バカみたい」

もう一度鼻をすすると、今度はぐすっと音が鳴った。

マキとの約束を守り、クルミは入学式以降一度も泣いていなかった。ユズの怒りに触れ、ふてくされるのもやめた。どんなことも前向きに受け止めていこうと決めたはずなのに、今は涙がこぼれそうだ。

そんなクルミをじっと見つめていたユズは、羽織っていたカーディガンをそっとクルミの肩にかけた。触れた肩の冷たさから、クルミの落胆が伝わってくる。

「あったかい……じゃなくて、ユズさんが冷えちゃう」

「つまり、私もバカみたいってことかしらね」

遠慮しようとしたクルミをさえぎり、ユズはいたずらっぽく笑った。

クルミは一瞬ぽかんとして、それからあわててぶんぶんと頭を振る。

「えぇっ⁉ そんなことひと言も言ってないよ！」

クルミはただ、自分が情けなかっただけだ。

「だって、私もあなたと同じように考えてしまったんだもの。もしかしたら私にも、魔法が使えるのかもしれないって」

ユズはきゅっと口を結び、さっき会ったばかりの笑顔を思いだす。キョウの隣でともに魔法を扱う自分――幼いころからずっと抱きつづけてきた、ユズの夢だ。

「だけど、私はあの場で魔法を使おうなんて思いもしなかった。ほんと、バカみたいよね」

「ユズさんはちがうよ！　バカみたいなんかじゃない」

いつだって堂々としているユズのさみしげな笑みに、クルミは胸が苦しくなる。そんなことを言わせたくて愚痴をこぼしたわけではない。

「ふふ……そうね。私はやっぱり、あなたと一緒にバカになるのはイヤだわ」

え、と固まるクルミから離れ、ユズは建物の入り口に向かう。

「ここ、湯上がりだと冷えるわよ。みんなのところに戻りましょう」

クルミは自分の肩にかけられたカーディガンを思いだした。部屋着姿でこちらを見るユズは、凛とした制服姿のときとは異なるやわらかい表情をしている。胸元に描かれた猫の絵のかわいらしさに、クルミは思わずほほ笑んだ。

――ユズも、あんなかわいい服を着るんだな――。

「ねぇ、あなたのその服だけど」

一方のユズは、怪訝《けげん》な顔で首をかしげている。

「なんでそんなデザインを選んだの？」

クルミが今日着ているのは、おばあちゃんと選んだなかでも一番お気に入りの部屋着だ。アイスクリームのコーンだけを描いているのが、普通っぽくなくていい。

「ねぇ、なんでコーンだけなの？　アイスは？」

「えっ、わたしにそんなこと聞かれても……これよくない？」

「意味がわからないわ」

「えぇ、意味って」

突然の指摘にショックを受けていると、ユズがぷっと吹きだした。

「ねぇ、本当に風邪ひきそう」

屋内に戻ろうとするユズを、クルミはあわてて追いかける。その肩に、どこからかやってきた大吉がぴょんと飛び乗った。

「ちょっと待って！　私のカーディガンにカエルを乗せないで！」

「いや、大吉が勝手に」

「それ、洗ってから返してちょうだい」

「あ、はい」

冷たくなった風が、だれもいなくなったテラスを吹き抜けていく。季節が移ろいゆくのと同じように、クルミとユズも変わりはじめていた。

#06 わたし、描きたい魔法陣がありません

校内の木々が一気に色づき、はらはらと葉を落としはじめた。

季節が冬を迎えるころになってもまだ、ミナミ先生は帰ってきていない。

「俺たちラッキー！」

「魔法学はテストなーし」

「オ〜ラッキ〜♪」

強歩大会以来さらに仲を深めたマイク・テツ・ドクのトリオが、嬉しそうにはしゃいでいる。

今日は入学してはじめての定期テストの、最終日である。最後に予定されていたのは魔法学だったが、クルミたち一組はテスト範囲の告知もないまま放置されていた。

「ね、マキ。わたしたち本当に魔法学のテストないのかな？」

「だってもうずーっと自習だよ？　テストの受けようもないじゃん」

マ組ではドローネと初期魔法の実技試験があり、一組以外の普通科クラスでは、一般的な魔法知識のテストがおこなわれると聞いている。一組だけが宙ぶらりんだ。

「そのとおりですぅ！」

うしろから突然、甲高い声が響いた。レモーネだ。

「魔法使いになってもらいます〜なんて言っといて、連絡の一つもなしですよ？」

「まったく、無責任すぎるわ」

いつも冷静沈着なミカーナまで、めずらしく不満をあらわにしている。

「あれ、ユズは？」

マキの言葉に、二人は顔を見合わせる。

「さっきまで一緒にいたんだけど……」

クルミとユズは強歩大会以来、すこしずつ打ち解けていた。古代魔法の話はあれっきりだが、テスト前にはユズからテスト範囲の質問を受けたこともあったほどだ。

「ユズさん、どこに行っちゃったんだろう」

教室にユズの姿はない。四人で首をかしげていると、教室の扉が勢いよく開いた。入ってきたのは、プリントの束を抱えたユズだ。

テストなしだと喜んでいた生徒たちがそれを見てしんと静まる。

「おい、まさかそれ……」

マイクがユズの持つプリントをさしたそのとき。

「ニャー」

とん、と軽やかな足取りで、一匹の白猫が教卓に飛び乗った。

「え、なんで保健の先生？」

「ニャーニャーニャー」

「みなさん、席に座ってください」

猫先生の言葉を通訳するかのようにユズがつづける。生徒たちはわけがわからないまま、各自の席に戻った。

「ニャウーニャン」

「ミナミ先生から預かった期末テストをお渡しします」

ユズが手元のプリントを掲げると、生徒たちから「えぇー！」「ウソだろ⁉」と悲鳴があがる。

「ないと思ったのに……」

「授業もしないくせにテストするなんて、卑怯だぞ！」

「俺たちを見捨てたくせに～♪」

マイク・テツ・ドクが文句を言う隣で、クルミも一緒に文句を言いたいくらいだ。魔法学の教科書をほとんど暗記してきたとはいえ、出題傾向がわからないせいでクルミも自信がない。事前に言ってくれたら対策できたのに……と恨めしい気持ちになる。

「ニャーム、ニャウニャウ」

「預かったテストをお配りします」

ユズが前の席から順にプリントを配りはじめると、生徒たちは文句を言いつつも机の上を片付け、エンピツと消しゴムだけの状態にした。

なんだかんだ、みんな根がまじめなのだ。

「ユズって、猫語がわかるの？」

プリントを受け取ったマキの問いに、ユズは「まさか」と笑う。

「さっきノーザン先生に呼ばれて、頼まれたのよ。先生の手が足りないから、保健の猫先生が試験監督をするんですって」

二人の会話を聞いていたクルミは、猫先生を見る。目が合った。遠くを歩く姿は見かけたことがあったが、こんなに近くで会うのははじめてだ。

白くやわらかな毛並みが、ふわふわと揺れている。猫先生はクルミを見て目を細め、それから手で顔を洗いはじめた。普通に、猫だ。かわいい。

「先生、配り終えました」

ユズが報告すると、猫先生は嬉しそうに「ニャー」とひと鳴きし、教卓の上に座り直して全員を見渡した。そんな姿はたしかに、先生のように見えなくもない。

「ニャーニャー、ニャン！」

「それでは、はじめ！」

猫先生の号令をユズが律義に通訳し、テストがはじまった。

いったいどんな問題がでるのかと緊張し、プリントをめくる……が、クルミはあっけに取られて固まってしまった。

「は？」

「なんだこれ」

とまどうような小さなつぶやきが、教室のあちこちから聞こえる。

プリントに書かれていたのは、ごく簡単な指示だけだった。

《ここにあなたの使いたい魔法陣を描いてね！》

ミナミ先生らしいといえば、ミナミ先生らしい。適当にも思えるが、たしかに、教わったことの復習テストだ。教室全体がとまどった空気につつまれていたが、次第に静まり、カリカリとエンピツの音が響きはじめた。

「わたしの使いたい、魔法陣……」

クルミが一番得意な課題のはずだった。クラスのだれよりも図形を描く練習をしてきた自信もある。

だから、なにも思い浮かばないことに愕然《がくぜん》とした。

これまで魔法を使いたいと思うシーンはたくさんあったし、実際に挑戦もした。発動しかけた感覚は、今も鮮明に覚えている。

しかし、どれも発動しなかった。使いたい魔法陣はなんだと問われれば、過去に描きたかったすべての魔法陣だ。だけど、今さら発動したってどうしようもない。

隣に座るマキが、意気揚々と魔法陣を描きこんでいる。きっとそれぞれが、将来の夢につながるような魔法陣を描いているはずだ。

マキはダンス。

テツは地元への鉄道開通。

ドクはオペラ歌手。

マイクは父親のような報道記者。

サリィは世界一のレストラン。

アスカはデザイナーだ。

じゃあ、わたしは？

クルミは真っ白な紙を前に、動揺した。そのときどきで使いたいと思う魔法はある。だけど、夢を懸けて使いたいと思えるような魔法陣が思い浮かばない。

魔法使いになることが目的だったクルミにとって、魔法陣で叶えたい夢はないも同然だ。だって、魔法使いになれば魔法陣なんて気にすることなく、魔法手帳を使えたのだから――。

クルミが苦悩する一方で、ユズは驚くほどスムーズにエンピツを走らせていた。使ってみたい魔法なら、数えきれないほど妄想してきた。ドローネなしで空を飛ぶ魔法、遠い場所までワープできる魔法、きらいな食べ物がおいしくなる魔法……紙が足りないくらいだ。

ミナミ先生に文句ばかり言っていたことが嘘のように、ユズは紙いっぱいに魔法陣を描きつづけた。

あっという間に試験時間が終わる。鳴り響いたチャイムの音に、みんなが「やったー！」と歓声をあげた。

「簡単でよかったぁ」

「ほんと、ミナミ先生らしい試験だったよね」

マキとサリィがきゃっきゃとはしゃいでいる。

すべての定期テストが終わり教室が明るい空気につつまれるなか、クルミはひとり絶望していた。結局、丸の一つさえ描けなかった。完全に白紙の答案用紙が回収され、猫先生とユズが教室をでていく。

「クルミはどんな魔法にしたの？」

「あ、うん、そうだねぇ……マキは当然、ダンスでしょ？」

「もちろん！　タンバリンダンスのおもしろさをギュギュっと魔法陣で表現してみました」

「わ～、楽しそう！　私は厨房で使える自動調理魔法をね……」

マキとサリィが楽しそうに魔法を紹介しあう横で、クルミは笑顔をつくるのに必死だった。あんなにマ組や魔法使いに固執していたのに、一つも魔法陣が描けなかったなんて言えない。ずっと励ましてくれたマキには、ぜったいに知られたくない。

「大丈夫？」

耳元で低く甘い声がした。

「ふぇっ」

「なんか、顔色悪くないか？」

アスカだ。強歩大会以来、以前よりは話せるようになったが、その距離感にはあいかわらず毎回驚いてしまう。

「えっ？　うん、大丈夫。勉強しすぎて寝不足かな」

「なるほど。さすがだな」

アスカがふわりとほほ笑んだ。普段はあまり見せることのない、反則級のやわらかい笑顔だ。

テスト終わりでいつもより機嫌がいいのかもしれない。

「一教科くらい、勝てるといいんだけどな」

「あはは……」

笑えない。たった今、ゼロ点確定の魔法学を終えたばかりだ。

「おい、本当に大丈夫か？」

「うん、ちょっと保健室に行ってこようかな」

「え？　クルミ、一緒に行くよ！」

マキが振り返ってクルミの手を取る。

「ううん、一人で大丈夫」

クルミはあわてて立ち上がり、そのまま教室をでた。

寮生活は楽しいし、同室のマキには助けられて励まされて本当に感謝している。

でも、こういうときに一人になれないのはつらい。キラキラした顔で魔法陣の話をされるのは、今はしんどい。

ふらふらしながら保健室にたどり着いたものの、カギは閉まっていた。どうやらまだ、猫先生は戻っていないらしい。

「はぁ……」

保健室の扉を背に、ずるずると座りこむ。

もう、なにに落ちこんでいるのかさえわからない。

膝に額を押し当て、クルミはぎゅっと目をつむった。

＊

「具合、悪いの？」

座りこんだまままうとうとしかけていたクルミは、頭上から聞こえた声にはっと顔をあげた。声の主は、いつか会った少年だった。

クルミはふらつきながらもどうにか立ち上がる。

「ほら、入りなよ」

カギが閉まっていたはずの扉が、するりと開く。

「あれ、開いてる？」

「顔色悪いね」

少年にうながされるまま、クルミはベッドへ腰かけた。

「もうすぐ先生が戻ると思うけど……とりあえず寝たほうがいいんじゃないかな」

あれよあれよとベッドに寝かされ、ふわりと布団をかけられる。布団の上からぽんぽんとたたかれる感覚が懐かしくて、クルミは思わずほほ笑んだ。

「お布団ぽんぽんされるの、久しぶりだぁ」

「こうすると、すぐに眠くなりそうな気がしない？」

エメラルドグリーンの瞳がクルミを優しく見下ろしている。

そうか、とクルミは気づいた。はじめて会ったときも、今も、どこか懐かしいと思うのは、瞳の色が自分と――そしておばあちゃんとも同じだからだ。

「きみって、ここの生徒？　それとも先生？」

「どっちもちがうなぁ。そんな歳に見える？」

すましていた表情が笑顔になる。

「だって、うちの担任も見た目はきみと同じくらいの歳だよ」

「……あぁ、見た目はそうかもね」

その言葉に、クルミは目を見張った。

「ミナミ先生のことは、知ってるんだ」

「だって、有名人じゃん」

「そうなの？」

「見た目が子どもで、魔法使いなのに普通科の担任に立候補した変な人でしょ」

今度はクルミが笑った。そうまとめられると、たしかに変な人だ。

「でも、普通科の担任に立候補したなんて知らなかったな」

ミナミ先生はいつも匂わせるばかりで、肝心なことを教えてくれない。

「古代魔法の復活が、あの人の悲願だから」

少年はクルミが思うよりずっと、学校やミナミ先生についてくわしそうだ。

「きみは、魔法使いなの？」

「国家魔法師という意味で聞いているなら、答えはノーだよ。まだこの学校にも入れない年齢だし」

「そりゃあ、そっか」

見た目と実年齢が同じなら、レットランに入学できるのはもうすこし先になる。

「じゃあさ、古代魔法使いだったりする?」

クルミの問いに、少年は一瞬固まり、それから小さく首を振った。

「……いや。古代魔法使いだなんてジャンルは、そもそもないんだよ」

「でも、この前会ったときに言ってたじゃない。わたしなら正しい魔法使いになれるって。あれって、もしかして古代魔法使いのことかなって思ってたんだけど」

「ふふ。そういえばお姉ちゃんも、賢いんだったね」

布団ごしに伝わるぽんぽんのリズムと、少年の優しい声音に、クルミのまぶたが重くなってきた。

「お姉ちゃん……も……って?」

本格的に眠い。まだ少年に聞きたいことがあるのに、話がつづけられない。

「今は、寝たほうがいいよ」

「まって、きみの、名前……」

まどろみに抵抗しながら、どうにかたずねる。

「僕の名前は、カイ。カイ＝ミライだよ」

「……ミライって……」

わたしとおなじ名字だと伝えたいのに、言葉にならない。強烈な眠気に引きずりこまれる。

「おやすみ、クルミお姉ちゃん」

耳元でささやかれた言葉を最後に、クルミは深い眠りに落ちていった。

＊

「思いだせないなぁ」

「なにが？」

「うーん……」

目を覚ますと、クルミは寮の自室で寝ていた。マキいわく、猫先生が魔法で運んでくれたらしい。

やはり、連日のテスト勉強で無理をしすぎていたのだろう。夢も見ないほどぐっすり眠ったおかげで、魔法学のショックは残るものの、からだはすっかり元気になった。

「なにが思いだせないの？」

「それが、なにが思いだせないかも思いだせないっていうか」

「なにそれ？」

「保健室でだれかと話した気がするんだけど、頭がモヤモヤしててはっきりしないんだよね」

「うとうとしながら夢でも見たんじゃない？」

「うーん、そうかも」

クルミはあまり深く考えないことにした。

今晩は、サリィが試験お疲れさまスペシャルメニューを提供することになっている。クルミとマキは、いつもより早めに食堂へ向かった。

「スペシャルメニュー、楽しみだなぁ」

「サリィのレストランができたら、毎日通っちゃうかも」

「わかる。ぜったい常連になる。……アブニールにもお店つくってくれるかな」

十八時前の早い時間にもかかわらず、食堂はすでに満席だ。なんとか席を確保できないかと背伸びしていると、遠くから手招きをするユズと目が合った。

「ちょうどさっき、食べ終わった人がいたから」

ユズたち三人が座るテーブルに二席の空きがあった。食堂はいつも混雑しているが、だらだらと居座る人がいないので回転率はいい。

「それ、サリィの？」

三人のテーブルには、九品の前菜が乗ったオシャレなプレートとグラタンがならんでいる。グラタンに焼き立てを提供しているらしく、まだぐつぐつと音をたてていた。とろりととろけたチーズがすこし焦げ、いかにもおいしそうだ。前菜のプレートには、ラタトゥイユや生ハム、キッシュやポテトサラダなど、普段から人気のメニューがならんでいる。

「食べ終わったらデザート引換券を持っていけるんですって」

三人ともデザート引換券を持っている。これは豪華だ。

「サリィって、料理がうまいだけじゃなくて、効率の計算もすごいよね」

「つくり立ての一番おいしい状態を大人数に提供するって、難しいことなのに」

マキの言葉にユズが大きくうなずく。

「サリィのレストランができたら、ぜったい毎日通うですぅ〜」

「そうね。まちがいなく常連になると思う」

レモーネとミカーナの会話を聞いて、クルミとマキは笑った。ついさっき、二人で交わした会話とまったく同じだ。


「そういえば、三人はお楽しみパーティーのドレスと出し物、決めた？」

デザートを食べ終えたマキが、コーヒーを飲む三人にたずねる。

レットランでは冬休み前に、クラスごとの小さなパーティーが開かれることになっている。学校全体でテーマが決められており、今年のテーマは「将来なりたいもの」だ。

「私はフルーツをいっぱいつけたオリジナル衣装で、フルーツバスケットをするですぅ」

「私はエプロンだけ用意したわ。お片づけ講座をしようと思って」

「ユズは？」

マキの問いに、ユズは困ったように笑った。

「父からドレスが送られてきたの。将来なりたいものという趣旨からはずれてしまうけど、せっかくだからそれを着ようと思って。出し物は思いつかないから、レモーネのフルーツバスケットを手伝うつもりよ」

将来なりたいものなんて、魔法使いに決まっている。だけど、普通科生の身で魔法使いの衣装を着るのは気が引ける。そう考えたユズの苦肉の策だ。

「クルミはやっぱり、魔法使い？」

マキの無邪気な問いに、今度はクルミの顔が引きつる。

「いやぁ、どうかな。なれるかわからないし」

「なれるかどうかは問題じゃないよ？」

「なりたいもの、ですぅ」

マキやレモーネのように努力でなれるものなら、クルミだって迷わなかった。そうではないから、苦しいのだ。

「それなら、マキとタンバリンダンスでもしたら？」

「へ？」

「ユズそれ名案！」

思いがけない提案にクルミはあわてて首を振る。

「マキの隣になんて、恐れ多くて立てません！」

「まだ二週間あるから、練習すればなんとかなるって！」

「ひぃ〜、無理むりぃ」

あわあわとするクルミの肩を、隣に座るユズがぽんとたたく。

「なにもないよりいいじゃない。一緒におどってみたら？」

おそらくこれは、ユズなりの助け舟だ。魔法使いになりたいと言えない気持ちがわかるからこその、親切なのだ。そう思うと、拒否しつづけるのも申し訳なくなる。

「えぇ……じゃあ、がんばってみようかな」

「そうこなくっちゃ！」

気乗りしないままの了承だったが、うきうきしながら衣装や振り付けの話をはじめたマキを見ていると、これでよかったのだと思えてくる。

「マキの足を引っ張らないよう、がんばってね」

優雅な仕草でコーヒーを飲んでいるユズを、クルミはただ恨めしげに見ることしかできなかった。

*

二週間後、一年一組は担任不在のまま終業式を終えた。不安を残しつつも、今日は楽しみにしていたパーティーだ。みんなでもりあげようと、教室にはにぎやかな声が響いていた。

「それでは、一年一組、お楽しみパーティーをはじめます」

司会から実況までなんでもこなすマイクの進行でスタートする。

「カンパーイ」

みんなで飾りつけした教室には、サリィお手製のパーティーメニューに加え、レモーネの実家から送られてきたフルーツジュースもならべられている。

「どうしよう、緊張してきた」

しかしクルミは、食事どころではなかった。なんと、くじ引きでトップバッターを引いてしまったのだ。タンバリンを抱えながら、教室のすみでうずくまるジャージ姿のクルミに、煌びやかな衣装をまとったマキが苦笑いをしている。

「大丈夫だって。タンバリンダンスは、だれでも楽しくおどれるのがコンセプトなんだから」

たしかに、タンバリンダンスに難しいものではなかった。むしろ、ダンスが苦手な人もタンバリンのおかげでリズムを合わせやすく、なんとなくおどれている気分を味わえる。

しかし一緒におどるのは、宮廷舞踏団出身のマキ＝クミールである。とてもじゃないが、恐れ多くて隣になど立てない。おそろいの衣装を着たがるマキをどうにかなだめ、クルミはほとんど裏方のようなポジションで、簡単な動きとリズム打ちだけを担当させてもらうことにした。

マキが身につけているのは、白いシフォン生地を幾重《いくえ》にも重ね、その上に金の装飾をほどこした、宮廷舞踏団の衣装である。普段着のごとく着こなすマキの美しさがまぶしい。

もちろん、ただ美しいだけではない。本番では、長い手足を生かした繊細な振りから、タンバリンを使った力強い振りまで、多彩な魅力でクラス全員を釘づけにした。おかげでクルミは、目立たずミスもせず、無事に本番を終えることができた。

「クルミ、練習よりもずっと上手だったよ！」

とマキにほめられ、まんざらでもない気分になる。

その後もビンゴにジェスチャーゲーム、ドクの独唱、レモーネのフルーツバスケット、ミカーナのお片づけ講座など、さまざまな出し物がつづいていく。最初に出番を終えたおかげで、クルミも心おきなくパーティーを楽しむことができた。

ラストを飾るのは、アスカのファッションショーだ。

「すご、どれだけ用意してきたのよ」

ショーのじゃまになるからと制服に着替えさせられたマキが、驚き半分、あきれ半分でつぶやく。

モデルもデザイナーもアスカ一人。着替えはどうするのかとひそかに心配していたが、それも杞憂《きゆう》に終わった。すべて早着替えという趣向が凝らされていたからだ。

白いスーツで登場したかと思えば、くるりと回転しただけで悪魔モチーフの衣装に変わる。そうかと思えば、軍服姿になり、異国風の民族衣装になり、最後は猫耳へそだしコスチュームだ。

「アスカ君って、クールなのにエンターテイナーだよね」

クルミは目を輝かせて力いっぱい拍手する。

「クール……かなぁ」

マキは苦笑いだ。昔から知っているマキには、クルミとはちがった姿に見えているのかもしれない。

アスカのファッションショーが終わり、暗転していた教室に明かりがつく。そろそろお開きかと、すこしさみしい気持ちで教室を見渡したクルミは、入り口に立つ見知らぬ男子生徒に気づいた。制服ではなく、灰色の地味な部屋着を着ている。長い前髪が目元を隠しているせいで、表情がよく見えない。

「あれ、だれ？」

クルミの問いに、クラスの視線が集中する。

「あれは、マ組の」

「アニク＝クーマーよ」

マキとユズが同時に答えると、すかさずマイクが、

「おや？　なぜマ組生がこんなところに？」

とレポーターのように質問する。

「僕……」

もじもじとうつむくアニクの次の言葉を、みんなが静かに待つ。

「冬休み明けから普通科一組に移籍するので、あいさつをしようかと……」

「え？」

「は？」

「どういうこと？」

動揺する一組全員の疑問に答えるように、顔をあげたアニクが叫んだ。

「僕……ぼく……っ、クラス落ちしたんだ！」

一拍置いて、教室中が驚きの声につつまれる。

「えぇっ!?」

「そんなことあるのかよ！」

一組の生徒があれこれさわぐなか、前髪のすき間から涙目をのぞかせたアニクが、健気に笑った。

「来月から、よろしくお願いします」

＊

夕食後、アニクが普通科寮へと引っ越してきた。それを手伝ったのは、一年一組の生徒だ。マ組の生徒たちは「がんばれよ」と声をかけつつも、手は貸さなかった。出て行く作業を手伝うことには抵抗があったのだろう。アニクだけでなく、マ組生みんなが悔しそうな顔をしていることに気づき、クルミは胸が苦しくなった。

「え、強歩大会でゴールできなかったですぅ？　ドローネがあるのに？」

「レモーネ、やめなさい」

無遠慮に質問するレモーネを、ミカーナがたしなめる。レモーネははっとしたようすで「ごめんなさい」と謝った。

「いや、いいんだ。僕だけがゴールできなかったのは事実だから」

アニクの笑顔が痛々しくて、つらい。

「もともとノーザン先生からは、テストの結果次第でクラス落ちの可能性もあるって言われてたんだ。テストをがんばれたらよかったんだけど、僕、余計に緊張しちゃって、本番でぜんぜん問題が解けなくて」

「あぁ……わかるよ。人間、焦ると思考が鈍るものだから」

マイクの言葉にみんなもうなずく。緊張や焦りで実力を発揮できないつらさは、多かれすくなかれみんな経験済みだ。

「なんか、ごめんね。せっかくの楽しいパーティーだったのに」

アニクのあいさつ後、お楽しみパーティーのテンションはあからさまに落ちた。落ちこむアニクの前で楽しめるわけもない。結局そのまま、しんみりとした空気でパーティーは終了した。

引っ越し作業を終えたアニクとともに、クラス全員が談話室に集まる。暖炉に一番近い特等席にアニクを座らせ、一組の面々がいたわるように寄り添っている。

そんな優しさに心がゆるんだのか、アニクは声を震わせつぶやいた。

「僕、もう、魔法使いにはなれないんだな……」

あまりにも切ないその言葉が、クルミの心をえぐる。

「魔法手帳も返納したし」

ユズが「うぅ」と小さなうめき声を漏らしている。

「僕の夢はもう、二度と叶わないんだね」

もう、だれもなにも言えなかった。

＊

「マ組からクラス落ちがでるとはね」

「うん……」

なんとなくしずんだ空気のまま解散し、みんな部屋へ戻った。明日からの冬休みに備え、それぞれ帰省の準備をしなければならないからだ。マキもスーツケースに入りきらないくらいの荷物をぎゅうぎゅうと押しこんでいる。

「そういえば、魔法学だけテスト返ってこなかったね」

「そうだね」

ゼロ点による成績ダウンを覚悟していたクルミにとって、それはラッキーなことだった。魔法学以外の正答率は九十八パーセント。文句なしの一位獲得である。

「ミナミ先生のことだし、どうせ採点もしてないんでしょうね」

長らく帰ってこない担任に対し、クラスメイトの反応は冷たい。すこしは事情を知るマキでさえ、最近はあきれ気味だ。

「どうだろう、ね」

クルミはむしろ、じっくり吟味《ぎんみ》しすぎて答案の返却が間に合わなかったのだろうと考えていた。ミナミ先生にかぎって、描かせた魔法陣を見もせず放置するなんてことはないはずだ。

「あれ、クルミもそろそろ荷造りしないと」

そううながすマキに、クルミは首を振る。

「今回は帰らないことにしたの」

「なんで？　おばあちゃんが心配しない？」

「アブニールの森に着くまでに、豪雪地帯があるから……命がけの帰省になっちゃう」

あぁ、とマキは申し訳なさそうな顔をした。

首都で育った人には、地方出身者の生活が見えにくい。富裕層に属する生徒が多いレットランでは、命がけの帰省なんて想像したこともない生徒がほとんどだろう。

「そういえば、ユズも帰らないって言ってたよ」

「え、ユズさんも？」

お楽しみパーティーでユズが身につけていたドレスは、薄水色のスパンコールが散りばめられた繊細かつ美しいものだった。ファッションにうといクルミでも、ひと目でかなり高級だとわかるほどだ。

クラスのお楽しみパーティーにそんなドレスを送ってくるなんて、どれだけ家族に愛されているんだろう……とクルミは感心していたのだが。

「意外。家族にドレス姿を見せてあげなくていいのかな」

「うーん、どうだろう。エーデル家って魔法使いの家系だから、そもそも年末年始は忙しいのかもね」

「えっ、そうなの？」

マキの発言にクルミは目を丸くする。魔法使いの家系だなんて、クルミの憧れの結晶だ。しかし、だとすれば、マ組不合格のショックは大きかったことだろう。

ピリピリしていた入学当初のユズを思いだし、クルミは心が苦しくなる。

「わりとみんな知ってることだけど、一応聞かなかったことにしてね。人の家族の事情を勝手にしゃべっちゃうの、よくなかったわ」

マキの言葉にクルミはうなずいた。マ組不合格の無念を思えば、頼まれたって触れにくい話題である。

「クルミ、もしさみしくなったときは、ハイこれ！」

マキが自分の荷物からタンバリンを取りだした。

「タンバリンダンス、元気がでるよ！」

「ありがとう、マキ」

部活動がはじまってまだ三ヶ月しかたっていないのに、マキのタンバリンはしっかりと使いこまれていた。それだけで、ダンスへの情熱が伝わってくる。

「教えてもらったタンバリンダンス、練習しとくね！」

「休み明けの成長を楽しみにしてるよ」

＊

冬休み初日は、移動にもってこいの快晴となった。ひんやりとした空気のなか、大荷物の生徒たちが次々と出発していく。

「クルミ、ハッピーホリデー！」

「ハッピーホリデー！」

マキを見送ったクルミは、部屋に帰るのもさみしくて、談話室へ向かった。

「あ、ユズさん」

「ミライさん……あなたも飲む？」

大きなソファに一人ぽつんと座るユズに声をかけると、手元のポットとカップであつあつのココアをいれてくれた。

「ふわぁ、おいしい」

「でしょう？　レモーネもこれが好きだから、実家から送ってもらったの」

ユズが嬉しそうにほほ笑む。

「二人は帰省したんだよね」

「そうよ。あなたも寮に残ったのね」

「うん。うちは遠いし、道中の雪道も心配だから。でも、ユズさんは首都でしょう？　帰らなくてよかったの？」

クルミがたずねると、ユズは一瞬困ったような顔をしてうつむいた。聞かないほうがよかったのだろうか。

「……えぇ。一人で考えたいことがあったから」

「そうなんだ」

二人の間に沈黙が落ちる。何度か深呼吸をしたユズが、意を決したようにクルミを見た。

「もう知っているかもしれないけど……うちは両親とも国家魔法師なの。両親だけでなく、その前もずっと、代々魔法使いの家系なのよ」

すでにマキから聞いていたとはいえ、あらためて本人から聞かされると、胸が痛くなる。

「当然私も同じ道を歩むものだと、親族全員が期待していた。だから幼いころから必死に勉強してきたわ。両親からほめられたい、認められたい一心で」

目を伏せたユズの長いまつげが、小刻みに揺れている。

「だけど、ダメだった。私は、両親を落胆させてしまったの」

こんなとき、なにを言うのが正解なのだろう。ユズはきっと、下手ななぐさめを喜ばないはずだ。

「ずっと悔しくて、恥ずかしくて……マ組のみんながうらやましくてたまらなくて、消えてしまいたいくらいだった」

入学当初のユズを思いだす。攻撃的だったのは、自分の心を守るためだったのかもしれない。悔しさを押し隠して必死で平静をよそおっている目の前で、おおっぴらに不満を漏らすクルミの存在は、相当めざわりだったはずだ。

「でも、一組に入って個性的なみんなと出会って……特にあなたに出会って」

「え？」

「そして、気づいたの。私がマ組をめざしたのは、ただ両親に喜んでほしかったからだったんだって」

伏せていた顔をあげ、ユズがまっすぐにクルミを見つめる。すこし潤んだ瞳は、強い意志をたたえていた。

「魔法使いを、両親や大切な人のそばにいるための手段としてしか考えていなかったのかもしれない。あなたほどまっすぐな気持ちで魔法使いをめざしていたわけじゃないって気づいたら、なんだかちがう道を選んだほうがいい気がしてしまって」

自分の想いは、ユズが言うほどまっすぐなものだろうか？

むしろ、魔法使いになることだけを目的にしていた単純さを、クルミは恥ずかしいとさえ思いはじめている。

進むべき道を見直さなければならないのは、クルミのほうだ。

「だから、一人で残ったの」

「そっか……」

わたしも同じだよ、とは言えなかった。

おばあちゃんに甘えたくないから帰らないのだと言ったって、ユズと自分では立場が異なる。魔法使いの家系に生まれて魔法使いをめざしたユズと、ただの憧れでめざしていた自分を同列にはできない。

「本当は、あのとき……ミナミ先生が言ってくれたこと、すごく嬉しかったの」

「え？」

「私の今までの努力は、一つもむだじゃない。かならずできるって」

たしかにあのとき、ミナミ先生はそう言った。だれよりも強いユズの想いを、ミナミ先生は知っていたのだ。

「マ組に落ちたってわかったとき、父も同じことを言ってくれたわ。私の努力はむだじゃないって。でもそのときは素直に受け止められなくて、ケンカしたままここへ来てしまったの。ミナミ先生の言葉でようやく父に謝ることができて……仲直りのしるしだって、ドレスまで送ってもらって。高校生にもなって、親に甘えすぎよね」

恥ずかしそうに笑うユズを、クルミは甘えているとは思わなかった。魔法使いになることを半ば義務として生きてきたユズにとって、マ組に入れない絶望はどれほどのものだったろう。それでも前向きに周囲の言葉を受け入れたユズは、クルミよりも余程自立しているように見える。

「だから、いつまでもうじうじしないで、私なりにできることをする。今まで両親が私にそそいでくれた愛情に応えられるように。これが今の、私の夢よ」

「え、じゃあ、魔法使いには……」

「今度こそ本当にあきらめるわ。もっと早く未練を捨てるべきだったのよね」

からりと笑うユズの顔に、憂いはないように見えた。

「それに実を言うと、すこしワクワクもしているの」

「ワクワク？」

「だって、自分の未来を自分で見つけるなんて、はじめての経験だもの」

「そっか……」

それがユズと自分の差なのだと、クルミははっきり自覚した。自分で選んだものに届かなかったクルミと、半ば義務のように与えられた夢をつかみ損ねたユズとでは、スタート地点がちがう。ユズはまだ、自分がやりたいことを考えはじめたばかりなのだ。

「すごいな、ユズさんは。わたしもあきらめるべきだってわかってるのに、まだうじうじ考えちゃう」

「え？」

ユズがきょとんとした顔でクルミを見た。本気で驚いている顔だ。

「あなたが、あきらめる？　魔法使いを？　なぜ」

クルミには問われる意味がわからない。あきらめなければならないことは明らかなのに。

「だって、ミナミ先生は戻ってこないし、魔法はぜんぜん成功しないし」

「でも、あとすこしだったじゃない」

ユズはクルミの描いた魔法陣が発動しかけるのを何度も見た。たしかに成功はしていないが、あきらめるほど遠いとも思えない。

しかしクルミは、静かに首を振った。

「わたし、魔法学のテストでなにも描けなかったんだ」

いつだって、どんな難問だって、揺るぎない自信とともに提出してきた答案用紙。それが真っ白だというのに、クルミの手はまったく動かなかった。

「自分の描きたい魔法陣なんて……」

クルミはポケットからいつも持ち歩いている手帳を取りだす。

「それって……」

ユズが驚きで言葉を失った。クルミに見せられた手帳の表紙が、魔法手帳と同じ緑色だったからだ。

「これね、小さいころ、魔法使いさんから預かったものなの」

「え？」

「いつか魔法使いになるって約束したのに……アニク君だって返したんだから、わたしだって返さなきゃいけないよね。持ってる資格なんてない」

涙を浮かべるクルミに、ユズはとまどっていた。それが本当に魔法手帳なら、持っているべきではないとユズも思う。しかしそれはどう見ても、ボタンのない紙の手帳だ。マ組の手帳に似ているけれど、魔法手帳ではない。

「あなたが預かったんだから、あなたが持っているべきよ。ぜったい」

マ組でなければ魔法使いになれない――これまでクルミにそう言ってきたのはユズ自身だ。落ちこむクルミに、それでも魔法使いをめざすべきだとは到底言えなかった。

一方のクルミは、ユズなら「返すべき」だと言ってくれるんじゃないかというアテがはずれたこと、そして、そんな大事な決断をユズにゆだねようとした自分の優柔不断を自覚し、より一層落ちこんでいた。おばあちゃんに甘えないためにここに残ったのに、甘える相手がユズに変わっただけではなんの意味もない。

談話室の外からは、帰省する生徒たちのにぎやかな声が聞こえる。みんなが夢に向かって進んでいるというのに、自分はいったいなにをしているのだろう。どうしてあきらめるという決断一つもできないのだろう。

クルミはぬるくなったココアをひと口含み、口中に広がる甘みをぐっと飲み下した。

甘いのは、甘えているのは、自分だ。

それでも心のなかで問いかけてしまう。

――魔法使いさん、わたし、どうしたらいいんでしょうか。

＊

クルミが一人落ちこんでいたのとちょうど同じころ、遠く離れたアブニールの森では一人の訪問者を迎えていた。

「やあ、久しぶり」

「急に来るのはやめてって、前にも言ったでしょう？」

突然の訪問者を見下ろし、あきれたような顔をするクルミの祖母。目の前に立っていたのは、紺色のとんがり帽子を被った少女だ。

「家庭訪問でーす」

「連絡もなしで、ずいぶんと非常識な担任ですこと」

文句を言いながらも、少女を家へと招き入れた。これがはじめての訪問ではないのか、少女は勝手知ったるわが家のごとく、居間の奥にある暖炉の前に置かれた椅子を陣取る。

クルミの祖母がハーブティーのポットへゆっくりとお湯をそそぐのを、少女は満足げに見つめた。

「うんうん、この香り。ここへ来たらやっぱり、これだよね」

「あなた、勝手に種を持っていってセントラルガーデンにも植えたんでしょう」

「なんでばれてるの！」

「クルミからの手紙に書いてあったわ。あの子はずいぶん喜んでいたけれど」

大きめのカップにたっぷりそそがれたハーブティーの香りを、少女は思いきり吸いこむ。肩に乗せていた大吉がぴょんと飛び降り、暖炉前のクッションに移動した。

「大吉は昔から、そこがお気に入りね」

「このクッションが用意されてるってことは、私が来ることもわかってたんじゃない？」

「まさか」

クルミの祖母は自分のカップを手に、少女の向かいの小さな椅子に腰を下ろす。それは、アブニールの森の木を使った、クルミ手づくりの特等席だ。

「これ見て」

少女が懐から一枚の紙を取りだす。なにも描かれていない、真っ白な紙。しかしクルミの祖母には、それがなにを意味するのかすぐにわかった。

「おかしいわね。小さいころから、すこしずつ教えてきたつもりだったんだけど」

「自分の能力にまったく気づいていない。それどころか、自信を失いはじめてるよ」

「そう……なぜかしら。あの子は、魔法使いになるべくして生まれてきたのに」

クルミの祖母の言葉に、少女がニヤリとする。

「レットラン首席卒業生の言葉は重みがちがうね」

突然持ちだされた懐かしい話に、クルミの祖母はため息をついた。

「遠い昔の話よ。それに、あの子の能力はわたし以上のものなんだから」

クルミの祖母は、アブニールの森でのびのびと走り回っていた幼いクルミを思い浮かべる。この土地に宿るあらゆるエネルギーをからだいっぱいに取りこんで笑う、幼いころのクルミを。

「彼女が早く気づいてくれるといいんだけど」

「そこは、担任の腕の見せどころでしょう？　ね、ミナミ先生」

からかうように言われた少女が、げんなりとする。

「あなたにミナミって呼ばれるの、なんか気持ち悪い」

「少女の姿をしているときは、ミナミ＝スズキなんでしょう？」

「もう、ホントやめて」

「わかったわよ。ミネジニアス」

クルミの祖母がそう呼んだとたん、少女のからだが淡く光りはじめた。

「あらあら」

少女がいたはずの場所には、一人の女性が座っている。大人に姿を変えたとはいっても、長い茶色の髪も白い肌も、暖炉の炎に照らされてみずみずしく輝いている。クルミの祖母は、長年の畑仕事で日に焼け分厚くなった、しわだらけの自分の手を見て、思わず苦笑した。同じときを生きているはずなのに、たった一つの選択でこうも変わってしまうのかと。

一方の女性――ミネジニアス＝リサベルも、げんなりとした表情で「あいかわらずね」とため息をついた。

「まさか、名前を呼ばれるだけで戻るなんて。ミライ家はまったく、規格ちがいだわ」

「わたしはこんなおばあちゃんになったっていうのに、あなたは――」

「へーゼルもそうすれば？」

「高校生の孫がいるのよ？　孫と見た目が変わらないおばあちゃんなんて、変でしょう？」

困ったようなそのほほ笑みに、ミネジニアスの胸がぎゅっとつまる。それは、無鉄砲だったころの自分をいさめるときによく見た、懐かしい笑顔だ。その笑顔こそ、ちっとも変わらない。

ミネジニアスは頭のとんがり帽子を足元へ置き、背もたれに身を預け深く息を吐いた。それを見たクルミの祖母――へーゼル＝ミライが、気遣わしげな視線を向ける。

「あまり無理はしないでね」

めずらしくかけられた優しい言葉に、ミネジニアスははっとした。余程疲れた顔をしていたのだろうか。表情を取り繕うことにはすっかり慣れたつもりだったが、気心の知れた相手の前ではどうしてもゆるんでしまう。

「わかってる。今はまず、魔素の制御が最優先だからね」

ミネジニアスは椅子に深く座り直し、庭に面した丸窓を見た。無数の星がまたたいているのが、部屋のなかからでもよく見える。ここは本当に、いつ来ても空気がすんでいる。

「あの日の彗星も、きれいだったな……」

幼い少女と交わした約束は、今も鮮明に覚えている。彼女はひたむきにがんばってくれている。あと一歩足りないのは、自分のせいだ。もっとうまくやれるはずなのに。

「ヘーゼル、私、次の目標を決めたよ」

「そう。お互いがんばりましょうね」

いつになく真剣な表情で決意を口にするミネジニアスを、ヘーゼルは優しく見つめた。

§　クルミ＝ミライと出会った日

――意外と普通の女の子だな。

というのが、クルミ＝ミライをはじめて見た感想だ。

順位表のてっぺんに燦然《さんぜん》と輝く『クルミ＝ミライ』の名にマジックスがどれほど荒れたか、彼女は知らない。いつも王子様然としているキョウですら顔を青くしていたし、はじめてトップスリーを逃したエリカは怒りで顔を染めていた。余裕があったのは、二位のアスカくらいだ。

「校舎名がないってことは、外部生か。やるなぁ」

そう言って感心するばかりのアスカに、ユズが「のんきな顔してる場合じゃないわよ」と突っこんだのも覚えている。

レットトラン魔法学校をめざすなら、マジックスへの入塾は当たり前だ。他塾のトップ層がマジックスの模試を受けたとしても、平均点を超えることさえ難しい。それほど抜きんでた教育を受けてきたマジックス生が一位を明け渡すなんて、あってはならないことだ。

「こんなんじゃ、またクルミ＝ミライにもっていかれるぞ！」

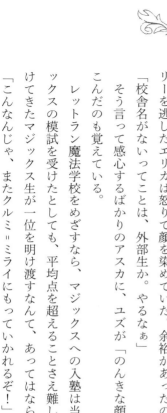

いつしかそれが先生たちの口癖になり、顔も知らないクルミ＝ミライのせいで上位クラスまでプレッシャーを与えられつづける毎日。そろそろ負けてくれよ……とだれもが思っていたはずだ。

「すごい！　ユズ様、五位ですぅ！」

「そうね……」

終盤で成績をのばし、ついには五位にまで到達したユズでさえ、喜べない空気感。マジックス全体がクルミ＝ミライというプレッシャーに押しつぶされそうな一方で、「合格すれば、本人に会える」という思いが、みんなのモチベーションにもなっていた。

ネガティブな感情を抱いている人もいたけれど、私は純粋に会ってみたかったし、できれば友だちになりたかった。だから、私の成績があがったうちの一部は、クルミのおかげでもある。つらくてもしんどくても、クルミに会えると思えばがんばれたから。

結局そのまま、入試までの通算十回、最後まで一位の名が変わることはなかった。


そんなクルミ＝ミライが、まさかマ組に落ちるなんて――。

合格掲示板の前で倒れたクルミは、軽い貧血だったようですぐに意識を取り戻した。一人にするわけにもいかず、一緒に近くのベンチへ移動する。

「大丈夫？」

「うん、ありがとう」

冷や汗と涙でぐしょぐしょになったクルミに、近くの噴水で湿らせたタオルを渡す。

生真面目ながり勉とか、ものすごくプライドが高いとか、勉強が大好きでたまらない系の天才とか……あらゆる妄想をしてきたけれど、目の前でごしごしと顔を拭くクルミは、そのどれにも当てはまらない。普通の女の子というのは想定外だ。

「わたし、本当にマ組に落ちたんだ……」

「でも、一組でしょ?」

「マ組じゃない」

「私も一組だよ」

「……よろしく」

「ふふっ」

クルミ＝ミライに「よろしく」を言われる日が来るとは……嬉しくて思わず笑ってしまう。有名人に会えたような気分でいたけれど、私たちはもうすぐ、クラスメイトになるんだ。

「一組だって、きっと楽しいよ?」

タオルに顔をうずめ、声を押し殺して泣くクルミにそっと声をかける。

「一緒に、楽しい学校生活にしようよ」

「……うっく……はい……」

「うん、素直でよろしい」

「はじめて会ったのに……っく、迷惑かけて……」

「迷惑なんかじゃないよ。ずっと会いたかったから」

「？」

顔をあげたクルミと、はじめて目が合った。エメラルドグリーンの瞳がキラキラと輝いている。

「鉄壁《てっぺき》の一位のクルミ＝ミライさんに会ってみたくて、私もがんばったんだ」

潤んだ瞳が大きく見開かれる。

「どうして……」

「尊敬と、好奇心かな。だから私は、同じクラスになれて嬉しい」

「……あ、ありがとう」

照れてる。かわいい。やっぱり、私やみんなと変わらない、普通の女の子だ。

「ね、クルミって呼んでいい？　私はマキ＝クミール。マキって呼んで」

「うん。よろしく、マキ」

——あ、笑った。そんな、子どもみたいな無邪気な顔もするんだ。

クルミのレットランでの友だち第一号になれたことが嬉しくて、顔がにやけてしまう。

いつかクルミが、一組でよかったと思える日が来るといいな。

そして、その「よかった」のなかに、どうか私も含まれますように。

そう祈りながら、涙目のまま笑うクルミを見つめた。


〈2巻に続く〉

TVアニメ『魔法使いになれなかった女の子の話』

原案：赤坂優月「魔法使いになれなかった女の子の話。」

総監督：渡部高志

監督：松根マサト

シリーズ構成・脚本：金杉弘子

キャラクター原案：星野リリィ

キャラクターデザイン：松浦麻衣

音楽：下村陽子

編曲：松尾早人　原口 大　吉川美矩
（音楽制作：イマジン）

音響監督：岩浪美和
（音響制作：マジックカプセル）

美術監督：泉 健太郎

色彩設計：舩橋美香

撮影監督：八木祐理奈

編集：須藤 瞳（REAL-T）

アニメーション制作：J.C.STAFF

本書は、2024年10月からTBS/MBS/CBC/BS-TBSほかにて放送・各種配信サイトで配信の『魔法使いになれなかった女の子の話』をノベライズしたものです。

赤坂優月（あかさか・ゆづき）
静岡県生まれ、大阪府在住。
2017年からエブリスタに小説を投稿するようになる。
2018年に投稿作品の「魔法使いになれなかった女の子の話。」がProject ANIMA第二弾「異世界・ファンタジー部門」で大賞を受賞し、TVアニメの原案となる。

魔法使いになれなかった女の子の話 1
2024 年 10 月 20 日初版印刷
2024 年 10 月 30 日初版発行

著　者　　赤坂優月
発行者　　小野寺優
発行所　　株式会社河出書房新社
〒162-8544　東京都新宿区東五軒町 2-13
電話 03-3404-1201（営業）
03-3404-8611（編集）
https://www.kawade.co.jp/

組　版　　株式会社キャップス
印刷・製本　三松堂株式会社

Printed in Japan
ISBN978-4-309-03917-6